INDISCHER OZEAN
12
11
13
14
15
16
SÜDPOL
17
Bibber
Forschungsstation
20
18
19
SÜDPOLARMEER

VERFLIXT UND ZUGESCHNEIT

Dieses Buch lesen:

____

____

&

____

____

Stefan Gemmel

Verflixt und zugeschneit

Mit Illustrationen von
Stefanie Reich

Weitere Titel des Autors:
Die Yetis sind los! - Ganz schön ausgefuchst (Band 2)
Lucas und der Zauberschatten
Lucas und der Zaubertrank

Noch mehr tolle Bücher, Videos und Ideen zum Basteln, Rätseln, Backen, Zeichnen und Spielen gibt's hier: baumhausbande.com

Die Bastei Lübbe AG verfolgt eine nachhaltige Buchproduktion. Wir verwenden Papiere aus nachhaltiger Forstwirtschaft und verzichten darauf, Bücher einzeln in Folie zu verpacken. Wir stellen unsere Bücher in Deutschland und Europa (EU) her und arbeiten mit den Druckereien kontinuierlich an einer positiven Ökobilanz.

Originalausgabe

Bei Fragen zur Produktsicherheit wenden Sie sich bitte an: produktsicherheit@bastei-luebbe.de

Textredaktion: Jennifer Gomber
Umschlaggestaltung: Kirstin Osenau unter Verwendung einer Illustration von Stefanie Reich
Umschlagmotiv und Innenillustration: Stefanie Reich
Satz: Judith Knabe, Köln
Gesetzt aus der Goudy Old Style
Druck und Einband:Mohn Media Mohndruck GmbH, Gütersloh

Printed in Germany
ISBN 978-3-8339-0671-8

8 7 6 5

Kennst du schon den Yeti-Song?
Hier kannst du ihn dir anhören. Viel Spaß!

Musik: Anja Kintscher (www.anjakintscher.de)
Text: Anja Kintscher, basierend auf der Buchvorlage
Gesang, Instrumente, Produktion: Anja Kintscher u. Jens Mackenthun

Inhalt

Willkommen bei den Yetis

Möchtest du mit mir ins Land der Yetis kommen?

Was, du glaubst nicht, dass es sie gibt?

Na, so was!

Leg doch mal deinen Finger auf einen Globus. Und nun führst du ihn ganz nach unten. Weiter und weiter nach unten, bis deine Fingerspitze die Halterung berührt. Und genau da, wo sich der Halter von unten in den Globus bohrt, lebt ein ganzer Yeti-Stamm.

Denn dort, ganz unten am Südpol, fühlen sich die Yetis wohl. Hier ist es immer kalt. Und das mögen sie. Hier gibt es immer Eis. Und das brauchen sie. Und hier gibt es fast keine Farben. Und das lieben sie, die Yetis – zumindest die meisten.

Kapitel 1
Rosa wundert sich über das Rosa

Rosa formte den Schneeball in ihren Pfoten kugelrund. Sie setzte ihn als Nase in das Gesicht der Figur, die sie gebaut hatte: ein Schnee-Yeti. Er stand groß und breit vor Rosa, und die Nase passte prima zu ihm.

Rosa war zufrieden. Diese Schnee-Figur war ihr sehr gut gelungen.

Fröhlich blickte sie sich um. Die ganze Gegend war mit Schnee und Eis bedeckt. Wohin sie auch schaute, gab es nur eine einzige Farbe: Weiß. Weiße Wolken schwebten über einer weißen Landschaft, auf der weißer Schnee lag. Und in der Ferne ragten hohe weiße Berge empor, die ebenfalls mit einer dicken Schneeschicht bedeckt waren.

»Überall nur Weiß«, flüsterte Rosa. »Bis auf eine Stelle.«

Und das stimmte. Hier am Südpol gab es nur einen farbigen Fleck. Nur einen einzigen. Und dieser Fleck war Rosa selbst.

»Warum habe ich bloß diesen rosa Pelz?«, fragte sie sich

nicht zum ersten Mal und blickte an sich herab. Doch dann wurde sie aus ihren Gedanken gerissen. Ein Schneeball traf sie mitten ins Gesicht. Nun war es Rosa, die eine Schneeball-Nase hatte.

Schnell wischte sie sich den Schnee aus dem Gesicht und formte daraus eine Kugel. Sie holte aus, zielte und warf sie zurück auf Bibber. Ihr bester Freund konnte sich gerade noch rechtzeitig ducken.

»Du sollst nicht so viel grübeln«, rief Bibber. Er füllte sich die Pfoten mit Schnee und rollte schon den nächsten Schneeball zusammen.

»Aber ich möchte wissen, warum mein Fell nicht schneeweiß ist«, antwortete Rosa.

Bibber überlegte es sich anders, warf den Schneeball zur Seite und kam auf sie zu. »Du bist nun mal etwas Besonderes«, erklärte er. »Du bist besonders cool und besonders witzig und ...«

»... und besonders rosa«, antwortete das Yeti-Mädchen und schaute zu Bibber. Er hatte natürlich ein schneeweißes Fell und kristallklare Augen – so wie alle Yetis. Alle, bis auf Rosa.

»Und das verstehe ich nicht«, sagte Rosa. »Hast du schon mal gesehen, wie die anderen Yetis mich anschauen? Hast du schon mal gehört, wie manche über mich sprechen? Das ist nicht schön!«

Sie seufzte, und Bibber versuchte sie aufzumuntern. »Es sind aber nicht alle Yetis so.«

»Das stimmt«, gab Rosa zu. »Aber ich habe nur Probleme dadurch. Wenn wir Verstecken spielen, finden mich die anderen immer in dem weißen Schnee.«

Bibber versuchte es anders: »Also, ich finde dein Fell einfach nur schön«, sagte er. »Du bist eben wie ein rosa Schnee-Kristall – also etwas Besonderes.«

»Aber ich will nichts Besonderes sein. Und schon gar nicht der einzige rosa Schnee-Kristall am ganzen Südpol«, erwiderte Rosa. »Warum nur?«

»Wenn du weiter so viel grübelst, schmilzt irgendwann dein Kopf«, neckte Bibber sie. »Und dann schmilzt auch der Schnee in deinem Fell.« Er gab Rosa einen Stups. »Komm, hilf mir lieber!«

Er zückte seine Krallen und strich damit über den Rücken des Schnee-Yetis, den er eben gebaut hatte. So sah es aus, als hätte der Schnee-Yeti ein richtiges Fell. Dieser Trick funktionierte immer. So wie bei dem Schnee-Yeti von gestern und dem

von vorgestern und allen Schnee-Yetis davor. Rund um Rosa und Bibber standen Hunderte von Schnee-Yetis, die sie alle selbst gebaut hatten. Denn ansonsten gab es hier am Südpol wenig zu tun, und das hier war Rosas und Bibbers Lieblingsort. Die weite Ebene war nur eine kleine Wanderung vom Tal der Yetis entfernt, sodass die beiden immer wieder hierherkommen konnten, wenn sie mal etwas allein unternehmen wollten. Ohne die anderen Kinder, von denen einige so gern Rosa ärgerten.

»Magst du den Kopf übernehmen?«, fragte Bibber, während er weiter das Rückenfell des Schnee-Yetis bearbeitete.

Doch Rosa war mit ihrem eigenen Kopf beschäftigt. Darin purzelten wieder einmal viele Fragen hin und her. Schließlich zeigte sie zu den weißen Hügeln. »Glaubst du, die ganze Welt ist so weiß wie hier?«

»Klar! Kristallklar!«, kam die Antwort. »Alles weiß. Bis auf den blauen Himmel und die gelbe Sonne.«

»Und mein rosa Fell.«

Bibber schaute auf. »Stimmt. Und dein rosa Fell.«

»Und sonst gibt es keine Farben?«

»Das sind doch eine Menge!« Bibber war gerade mit dem Schnee-Yeti fertig geworden und drehte sich jetzt wieder Rosa zu. »Wer braucht mehr als vier Farben in seinem Leben? Das wäre ja völlig verrückt, so wie kaltes Wasser, warmes Wasser und heißes Wasser. Mehr möchte doch niemand.« Er kicherte.

Rosa war nicht überzeugt. »Es gibt bestimmt eine Menge

Dinge, die wir nicht kennen und nicht wissen.« Sie schaute zu einer der Schnee-Figuren hinüber. Dort gab es eine Figur, die unter all den gebauten Schnee-Yetis besonders auffiel. Sie war schlanker und größer und viel glatter als die anderen Figuren.

Bibber wusste sofort, woran Rosa dachte. »Den hat mein Opa gebaut«, sagte er. »Das ist kein Schnee-Yeti, sondern ein Schneemann.«

»Genau. Ein Schnee-*Mensch*. Hat dein Opa wirklich Menschen gesehen?«, fragte Rosa.

Bibber zuckte mit den Schultern. »Das sagt er zumindest. Aber die anderen Yetis glauben ihm nicht. Sie sagen, es gibt keine Menschen.«

»Und wenn er recht hatte und es doch Menschen gibt? Dann könnte es auch andere Farben geben, oder?«

Bibber lächelte. »Komm, wir besuchen Opa Yeti und fragen ihn einfach.«

Kapitel 2
Schneetassen mit Yeti-Wasser

Sie verließen die Ebene mit den vielen Schnee-Figuren und gingen hinunter ins Tal der Yetis.

Auch hier sah es aus wie an jedem anderen Tag: Vor einer ganzen Reihe selbst gebauter Iglus tummelten sich die Yetis im Schnee. Manche standen dicht beieinander und erzählten sich gegenseitig Neuigkeiten. Andere hatten sich aus Schnee kleine Sessel gebaut, und wieder andere bereiteten gerade das Essen vor: Sie nahmen dazu den Schnee, der vor ihren Füßen lag, und formten daraus Schnee-Kuchen, Schnee-Brote und natürlich Schnee-Bonbons. Die liebten besonders die Yeti-Kinder, weil sie klein waren und sofort auf der Zunge zerschmolzen.

Am Rande des Tals sah man einige Yeti-Papas beim Kegeln. Sie warfen große, kugelrunde Schneebälle auf riesige Kegel aus Schnee. Nicht weit von diesen Kegeln entfernt stand das Iglu von Bibbers Opa. Es war das einzige Iglu im Tal, das auf einem kleinen Eis-See stand.

»Man soll sich schon Mühe geben, wenn man mich besuchen will«, hatte Opa Yeti ihnen das einmal erklärt.

Vorsichtig setzte erst Bibber einen Fuß auf das Eis und bemerkte sofort, dass Opa Yeti wohl schon an diesem Morgen kaltes Wasser aus dem See über das Eis hatte fließen lassen. Es war noch glatter und rutschiger als sonst. Nicht zum ersten Mal wunderte sich Bibber darüber, wie Opa Yeti in seinem Alter selbst ohne auszurutschen über das Eis laufen konnte. Kaum war ihm dieser Gedanke gekommen, da rutschte Bibber schon aus und landete mit seinem Popo auf dem Eis.

»Autsch!«, rief er aus und schlitterte immer weiter über das Eis, bis er vor dem Eingang des Iglus zum Stehen kam. Immerhin war er jetzt schon am Ziel angekommen.

»Hast du dir wehgetan?«, rief Rosa besorgt.

»Nein, alles cool!«, antwortete Bibber und rieb sich seinen schmerzenden Po.

Rosa entschied, sich gleich auf das Eis zu setzen und sich mit den Füßen einen Stoß zu geben, um über den See zu gleiten. Das schien ihr sicherer.

Schließlich bückten sich die beiden Yetis durch den kleinen Eingang von Opa Yetis Haus und traten hinein.

»Rosa! Bibber!« Opa Yeti freute sich sehr, die beiden zu sehen. »Wie schön. Kommt hereingeschneit!«

Rosa blickte sich um. Opa Yetis Iglu war das gemütlichste im ganzen Tal. Es gab einen großen Sessel, den er sich aus Schnee gebaut hatte, mit einem kleinen Schneetisch daneben. Den Boden hatte Opa Yeti mit viel Pulver-Schnee ausgelegt, sodass er sich ganz weich und flauschig anfühlte. Über dem Sessel gab es ein Bild, das Opa Yeti selbst in die Wand geritzt hatte. Es zeigte ihn, wie er einem schlanken Wesen ohne Fell gegenüberstand. Rosa wusste, dass dieses Wesen ein Mensch sein sollte.

»Setzt euch«, schlug Opa Yeti vor.

Bibber und Rosa machten es sich zusammen in dem breiten Sessel gemütlich. Opa Yeti nahm die Pfoten voll Schnee und formte daraus erst eine Tasse, dann eine zweite und reichte sie den Kindern. Danach füllte er sich die Pfoten wiederum mit Schnee und hielt sie nacheinander über die Tassen. Der Schnee in seinen Pfoten wurde warm, schmolz sofort und floss hinein.

Opa Yeti lächelte die beiden an. »Lasst euch

euer Yeti-Wasser gut schmecken. Und jetzt erzählt mir, was euch hierhergeführt hat.«

Bibber nahm einen Schluck von dem Wasser und genoss, wie es kühl und kristallklar seinen Hals hinunterlief. So schmeckte Wasser nur bei Opa Yeti.

»Du, Opa Yeti«, begann Bibber schließlich. »Rosa hat eine Frage. Und wir dachten uns, dass du vielleicht die Antwort weißt.«

Opa Yeti freute sich. »Ein Yeti mit einer Frage im Kopf ist bei mir immer willkommen.«

Rosa blickte zu ihm auf. »Es ist aber nicht nur eine Frage, die mich beschäftigt. In meinem Kopf geht es zu wie in einer Lawine. Da kommt erst ein kleiner Gedanke hereingeschneit, und der wird größer und größer und größer – wie ein Schneeball, der den Berg hinunterrollt.«

»Und dann ist dein Kopf voller Fragen?«

Rosa streckte die Pfoten in die Luft. »Unendlich viele Fragen. Und ich kann nichts dagegen tun.«

»Und ob!« Opa Yeti lachte. »Du kannst etwas dagegen tun: forschen. Stell dich deinen Fragen. Versuche Antworten zu finden.«

»So wie du früher?«

Opa Yeti blickte zu dem Bild an der Wand. »Ich wollte

einfach nicht glauben, dass es nur uns Yetis gibt. Also bin ich damals losgezogen und habe geforscht.«

Bibbers Augen wurden ganz groß. »Und du hast einen Menschen getroffen?«

»Ganz genau. Und er war so echt wie der Schnee unter euren Yeti-Füßen.«

In Rosas Bauch kribbelte es vor Aufregung. Opa Yeti hatte wirklich einen echten Menschen gesehen! »Aber niemand hat dir geglaubt.«

»Das stimmt. Leider. Und ich wünschte, es wäre anders. Aber ist das so wichtig? Ich bin damals ausgezogen, um eine Antwort auf meine Frage zu finden. Und die Antwort habe ich bekommen! Es gibt noch mehr da draußen als nur Yetis und Schnee und Eis. Auch wenn mir keiner glaubt, ich habe es erlebt und weiß, dass es wahr ist.«

Rosas und Bibbers Augen wurden plötzlich groß wie Schneekugeln. »Erzählst du uns davon?«, bat Rosa.

Opa Yeti lachte. »Schon wieder?«

Auch Bibber war nun ganz aufgeregt. »Bitte! Aber dieses Mal ganz genau. Wir wollen alle Einzelheiten wissen!«

Der Großvater setzte sich in den Sessel und sagte lächelnd: »Na, dann lasst euch erzählen …«

Kapitel 3

Menschen gibt es doch gar nicht!

Wie immer, wenn Opa Yeti ihnen eine Geschichte erzählte, machten Rosa und Bibber es sich auf Opa Yetis Knien bequem und kuschelten sich an sein warmes Fell. Dann erst begann er zu erzählen: »Ich bin damals noch ein junger Yeti gewesen, nur ein bisschen älter als ihr, und wollte unbedingt forschen. Denn Forschen, das ist, wie dem Schnee in die Kristalle zu schauen. Den Fragen auf den Grund zu gehen.«

Rosa und Bibber vergaßen vor lauter Spannung völlig ihr Yeti-Wasser in den Schnee-Tassen. Schon wurde das Wasser darin durch die Kälte zu Eis.

»Alle anderen Yetis hielten mich für verrückt«, fuhr Opa Yeti fort. »Sie sagten zu mir: ›Menschen gibt es doch gar nicht‹, und ›Das sind doch nur erfundene Geschichten, die man kleinen Yetis vor dem Einschlafen erzählt‹, und ›Du wirst dich verlaufen‹, und ›Du begibst dich in Gefahr!‹. Aber ich wollte Antworten auf meine Fragen. Und so zog ich eines Tages los.«

»Einfach so?«, staunte Rosa.

Opa Yeti schüttelte schnell den Kopf. »Nein, nein! Natürlich nicht. So eine Forschungsreise muss gut vorbereitet sein. Natürlich hab ich mir Schnee zum Essen und Schnee zum Trinken mitgenommen. Nicht zu vergessen der Schnee, aus dem ich nachts mein Kopfkissen geformt habe.«

»Und hast du etwas entdeckt?«, fragte Bibber ungeduldig.

»Zunächst war alles so zäh wie ein Eiszapfen, der in der Sonne schmilzt. Ich bin eine unendlich lange Strecke gegangen. Ihr kennt das Tal in der Richtung, in der die Sonne aufgeht? Dort entlang bin ich gewandert. Sehr, sehr lange gewandert. Doch als ich selbst schon nicht mehr daran glaubte, dass ich etwas finden würde, da habe ich ihn gesehen.«

Die Kinder richteten sich gebannt auf, um kein Wort des Großvaters zu verpassen. »Gesehen? Was gesehen?«

»Einen Menschen.«

Rosa und Bibber beugten sich noch weiter vor. Ihre Yeti-Nasen berührten fast Opa Yetis zotteligen Bart.

»Wie war das?«, fragte Bibber hastig.

»Was hast du ihm gesagt?«, wollte Rosa wissen.

Opa Yeti lachte: »Ich kam nicht dazu, ihn etwas zu fragen. Zuerst war ich völlig überrascht, das könnt ihr euch denken. Doch dann war ich erstaunt, dass der Mensch mich gar nicht bemerkte. Er war sehr beschäftigt.«

»Beschäftigt?«, wollte Rosa wissen.

»Womit?«, fragte Bibber hastig.

»Er schien ebenfalls zu forschen. Ich hab ihm lange dabei zugesehen, wie er mit fremden Gegenständen den Schnee erkundete und das, was darunter ist.«

»Darunter?«, wunderte sich Rosa. »Unter dem Schnee?«

»Das hab ich mich noch nie gefragt«, gab Bibber zurück und brachte Opa Yeti damit noch einmal zum Lachen.

»Bis zu diesem Tag hab ich mich das auch nicht gefragt. Aber ich habe erkannt, dass es auch Menschen gibt, die gern den Fragen auf den Grund gehen. Oder eben unter den Grund.«

Jetzt hatten Rosa und Bibber jede Menge Fragen: »Wo kam er her?«

»Das weiß ich nicht.«

»Wo ging er hin?«, wollte Bibber wissen.

»Auch das habe ich nicht erfahren. Ich musste ja vorsichtig sein und konnte ihn nicht verfolgen.«

»War er allein?«, stellte Rosa auch schon die nächste Frage.

Opa Yeti schüttelte den Kopf. »Auch das weiß ich nicht. All das hätte ich gern herausgefunden, doch der Mensch verschwand. Ich habe ihn nie wiedergesehen.«

Rosa blickte Opa Yeti fest in die Augen und stellte die Frage, die ihr unter dem Pelz brannte: »Gibt es bei den Menschen auch nur Weiß?«

Opa Yeti schaute auf Rosas Fell und ahnte, wie sie auf diesen Gedanken kam. »Aus der Ferne sah es so aus«, sagte er vorsichtig. »Ich kann dir das leider nicht beantworten, denn ich kam nicht nahe genug an den Menschen heran.«

Rosa und Bibber sahen sich einen Moment lang an. Dann riefen beide im Chor: »Wir müssen dorthin!«

Opa Yeti erschrak. »Ja, habt ihr mir denn nicht zugehört?«, fragte er. »Es könnte gefährlich sein, sich den Menschen zu nähern.«

Bibber rümpfte die Nase. »Aber wer Fragen stellt, der will auch Antworten haben.«

Opa Yeti legte einen Arm um Bibbers pelzige Schultern. »Neugier und Vorsicht sind wie Bruder und Schwester«, sagte er.

»Aber Neugier und Unwissen sind wie streitende Geschwister«, antwortete Rosa und war selbst erstaunt über ihre weisen Worte.

Opa Yeti sagte nichts mehr. Er blickte die beiden sehr lange, sehr nachdenklich an. Und die beiden verstanden, dass sie das Thema besser ließen.

Kapitel 4
Ein Schnee-Hügel auf vier Pfoten

Als Rosa Bibbers Iglu erreichte, schlug ihr vor Aufregung das Herz bis zum Hals.

»Wir ziehen also wirklich los?«, fragte sie.

»Natürlich, wir sind doch Forscher«, gab Bibber zurück.

»Mama Yeti sagt, ich soll nach Hause kommen, wenn es dunkel wird. Und ich möchte sie nicht verärgern.«

Bibber zeigte in den Himmel. »Wie gut, dass wir gerade den Polartag haben. Da wird es wochenlang nicht dunkel. Wir haben also sehr viel Zeit, bis wir wieder zu Hause sein müssen.«

Bibber hob eine Pfote in die Höhe und zeigte Rosa eine riesige Schneekugel. »Schau mal, ich hab schon alles vorbereitet. Von dieser großen Schneekugel hier können wir essen und trinken. Vielleicht kann ich uns auch ein Kissen daraus formen, wenn wir müde werden.«

Rosa lachte. »Du hast an alles gedacht, oder?«

»Kristallklar«, rief Bibber aus, und dann zogen sie los.

Als sie an den Iglus des Dorfes vorbeigingen, hatte Rosa das Gefühl, dass alle Bescheid wüssten. Es war, als würden die Yetis ihnen hinterherstarren und sich wundern, warum Rosa und Bibber die Welt außerhalb des Yeti-Tals erforschen wollten. Niemand außer Opa Yeti hatte bisher das Tal verlassen. Und wofür auch? Sie hatten hier doch alles, was sie brauchten: Schnee, Schnee und nochmals Schnee.

Niemand schien etwas zu vermissen. Niemand wollte etwas anderes erfahren.

»Ich glaube, keiner von ihnen kennt das Gefühl, wenn die Fragen, die tief in einem sitzen, größer und größer werden«, grübelte Rosa laut.

»Wie ein Schneeball, den man immer weiterrollt«, antwortete Bibber, und Rosa verstand genau, was er damit meinte.

Eine lange, lange Weile liefen die beiden Yeti-Freunde nachdenklich nebeneinanderher. Auf der Ebene mit den Schnee-Figuren blieb Rosa plötzlich stehen.

Weiter als bis zu dieser Stelle waren sie noch nie gegangen. Es grummelte in Rosas Innerem, und sie wusste nicht, ob es das schlechte Gewissen oder Heimweh oder beides war. Sie blickte einen Augenblick zurück, dann aber zeigte sie mit der Pfote zu einem kleinen Schnee-Hügel in ihrer Nähe. Er fiel in der flachen Ebene, die sie umgab, sofort auf. Hatte dort vielleicht jemand angefangen, einen Schnee-Yeti zu bauen, ihn aber nicht fertiggemacht?

»Siehst du das?«, fragte Rosa.

»Schnee!«, antwortete Bibber altklug. »Ist nicht so selten hier in der Gegend.«

Rosa bückte sich, formte eine Schneekugel und warf sie Bibber an den Kopf. »Scherz-Yeti«, lachte sie. »Das ist mir schon klar. Aber ich dachte ...« Nun ging sie ein paar Schritte auf den Schnee-Hügel zu. »Hm ...« Sie ging noch einen Schritt darauf zu. »Ich dachte, da wäre ...« Nun stand sie dicht vor dem Schnee-Hügel, als dieser sich plötzlich bewegte.

Rosa schrie erschrocken auf, und auch Bibber bekam einen ordentlichen Schrecken.

»Was ist das?«

Der Schnee-Hügel huschte davon. Die beiden Yetis erholten sich von ihrem Schrecken und liefen hinterher. Sie versuchten, den Schnee-Hügel einzuholen, doch der raste ihnen davon.

»Was ist das!?«, rief Rosa erneut aus. Sie nahm Anlauf, warf sich auf den Bauch und schlitterte über den eisigen Boden. Mit ihren Füßen stieß sie sich ab und wurde so immer schneller, bis sie den Schnee-Hügel erreicht hatte. Rosa streckte beide Pfoten aus und schnappte nach dem Schnee.

»Autsch!«, erklang es aus dem Schnee heraus, und augenblicklich musste Rosa lachen. Diese Stimme kannte sie ganz genau. »Piko!«, rief sie. »Du bist das!« Schnell ließ sie den zappelnden Schnee los.

Bibber kam angerannt. »Piko? Wieso läufst du denn vor uns davon?«

Aus den Resten des Schnee-Hügels kam ein Polarfuchs geklettert, der sich erst den Schnee aus dem Pelz schüttelte und dann zu den beiden Yetis aufblickte. »Ihr solltet mich gar nicht entdecken!«, schimpfte er. »Ich hab mich doch so gut versteckt.«

Rosa ging in die Hocke, um dem Polarfuchs in die Augen zu schauen. »Und wieso versteckst du dich vor uns?«

»Ich hab mir Sorgen gemacht«, antwortete Piko.

Bibber lachte. »Aber du machst dir doch immer Sorgen.«

»Aber heute sind die Sorgen übergroß. Groß wie ein Iglu.« Piko schaute von einem Yeti zum anderen und wieder zurück. »Ich hab gehört, wie ihr miteinander gesprochen habt, nach-

dem ihr bei Opa Yeti gewesen seid. Ihr wollt auf Entdeckertour gehen. Das ist total gefährlich!«

Rosa lachte. »Deshalb bist du uns hinterhergelaufen?«

Piko nickte.

»Komm doch einfach mit uns mit«, schlug sie vor.

»Was?« Piko machte beinahe einen kleinen Satz, und die Haare seines weichen, weißen Fells stellten sich auf. »Ich? Auf keinen Fall!«

»Schade«, sagte Rosa. »Also, mach's gut.« Schon drehte sie sich zum Gehen um.

Piko bekam ganz große Augen. »Wie bitte? Ihr könnt doch nicht einfach weitergehen! Denkt an all die Gefahren, die da draußen lauern! Verflixt und zugeschneit!«

»Aber wir müssen wissen, ob es noch weitere Farben auf der Welt gibt«, erklärte Bibber. »Wir müssen die Gedanken-Lawine in Rosas Kopf zum Stillstand bringen. Und wir müssen herausfinden, warum ihr Fell rosa ist.«

Und damit drehte auch er sich um und lief Rosa nach.

Piko sah ein, dass er die beiden nicht umstimmen konnte. »Ach, verschneit und zugeflixt! Ich hab ja wohl keine andere Wahl, als mitzukommen. Irgendjemand muss doch auf euch aufpassen.«

Rosa klatschte in die Pfoten. »Juhu, wie schön! Wir drei gehen auf Entdeckertour! Das wird witzig.«

»Und spannend«, ergänzte Bibber.

Doch Piko meinte nur: »Das wird gefährlich!«

Kapitel 5
Schneebergeweit von zu Hause entfernt

Die Spur, die sie durch den tiefen Schnee zogen, war schon richtig lang, als Rosa plötzlich stehen blieb und nach hinten schaute. »Eins, zwei, drei, vier«, zählte sie laut.

Bibber blieb ebenfalls stehen und drehte sich um.

Piko schaute zu Rosa hinauf. »Was ist los?«

»Wir sind schon vier verschneite Berge von zu Hause entfernt«, sagte sie und zeigte in die Richtung des Yeti-Tals. »So weit war ich noch nie von Mama und Papa getrennt.«

Piko schöpfte Hoffnung. »Habt ihr schon Heimweh? Wir können sofort umkehren und zurück nach Hause laufen.«

Doch Rosa schüttelte heftig den Kopf. »Stell dir

vor, wir entdecken wirklich etwas Großes, Piko. Etwas, das das Leben der anderen verändern wird.«

»Das wäre doch kristallstark!«, rief Bibber.

Aber Piko sah das völlig anders. »Lasst uns zurückgehen. Im Yeti-Tal sind wir doch alle sicher und haben Schnee im Überfluss.«

Rosa blickte Piko direkt in die Augen. »Das hätten jetzt die allermeisten Yetis auch gesagt.«

»Yetis sind ja auch schlau«, entgegnete Piko rasch. »Also, gehen wir zurück?«

»Nein«, widersprach Rosa. »Denn wir sind nicht wie die allermeisten Yetis. Wir sind anders.«

Bibber stimmte ihr zu: »Das siehst du schon an Rosas rosafarbenem Fell.«

Das Yeti-Mädchen blickte ihn überrascht an. Bibbers Satz fühlte sich merkwürdig schön an.

Schon stapfte Rosa weiter. Bibber und Piko folgten ihr, jeder in seine Gedanken versunken.

Doch plötzlich blieb Rosa erneut stehen. Sie legte den Kopf nach hinten und hielt die Nase in die Luft. »Was ist das?«

Bibber tat es ihr nach, und auch Piko hob die Schnauze weit nach oben.

»Da riecht was«, stellte Bibber fest.

»Ja, aber ganz anders als alles, was ich bisher gerochen habe«, grübelte Rosa. »Das ist kein Wasser, was ich da rieche, und auch kein Eis.«

Bibber gab ihr recht: »Auch keine Sorte von Schnee. So riechen keine Schnee-Flocken und kein Schnee-Matsch und ganz bestimmt kein Schnee-Regen.«

Rosa blickte zur Seite: »Piko, was meinst du mit deiner feinen Nase?«

»Ihr habt recht. Das, was wir hier riechen, hat nichts mit Schnee zu tun. Zeit zu verschwinden!« Er machte ein paar Schritte rückwärts.

Bibber allerdings sah das anders. »Verschwinden? Oh, nein! Wir müssen erst herausfinden, was das ist!«

»Und wenn es gefährlich ist?«, warnte Piko eindringlich.

Aber Rosa und Bibber hörten schon nicht mehr zu. Sie rannten los, immer der Nase nach, dem Geruch entgegen.

Hinter dem nächsten Schnee-Berg ragte etwas aus dem

eisigen Boden hervor. Es war lang und dünn und spitz. Und vor allem …

»Es ist nicht weiß oder rosa«, flüsterte Rosa begeistert. Vorsichtig ging sie darauf zu. Noch nie hatte sie so etwas gesehen. Denn die Schneedecke im Yeti-Tal war so dicht und hoch, dass darunter nichts wachsen konnte. Daher konnte Rosa nicht ahnen, dass sie gerade auf einen Zweig schaute.

»Nein, pass auf!«, quiekte Piko hinter ihr auf.

Wieder einmal beachtete Rosa die Warnung nicht, und auch Bibber ging näher an den Gegenstand heran.

»Ja, rede ich hier mit einer Schnee-Wand?«, schimpfte Piko, als Rosa bereits die Nase an das dünne Ding im Eis hielt. Sie schnüffelte neugierig daran herum, und Bibber tat es ihr nach.

»Das ist es, was wir gerochen haben«, stellte Rosa fest.

»Aber was genau riecht denn da?«, hakte Bibber nach. »Ist es das Dunkle, das so riecht, oder ist es das Ding selbst?«

»Es ist ... egal«, rief Piko und sah sich dabei mehrmals ängstlich um. »Lasst uns zurückgehen.«

Doch die beiden Yetis dachten nicht daran. »Was das wohl ist?«, fragte Rosa und griff nach dem Gegenstand. Sie zog ihn heraus. In dem Loch, das im Schnee zurückblieb, war eine ähnliche Farbe zu sehen.

»Ein Boden ohne Schnee«, sagte Rosa. »Bibber, ich kann sehen, was es unter dem Schnee gibt!«

Bibber schaute neugierig hinein. »Kristallstark!«

Rosa griff auch mit der anderen Pfote danach. Dabei machte es laut »Knack«, wobei Rosa und Bibber zusammenzuckten. Plötzlich hielt Rosa in jeder Pfote ein Stück des Zweigs.

»Komisches Geräusch«, stellte Bibber fest und knackte sich ebenfalls ein Stück davon ab. »So was bekommt man im Yeti-Tal nicht zu hören.«

Auch Piko traute sich nun näher heran. »Und?« Anscheinend hatte die Neugier über seine Angst gesiegt. »Was macht man jetzt damit?«

»Vielleicht kann man damit spielen?«, überlegte Bibber.

»Spielen?« Piko legte wieder einmal den Kopf schief. »Wie soll man denn damit spielen?«

Bibber dachte kurz nach, dann warf er sein Stück in die Ferne. »Hol es zurück, Piko«, rief er begeistert.

Doch Piko dachte nicht daran. »Was soll das denn für ein blödes Spiel sein?«, schimpfte er und setzte sich motzig auf den eisigen Boden.

Kapitel 6
Das Gegenteil von Schnee

Rosa und Bibber staunten noch eine ganze Weile über ihre Entdeckung. Sie waren stolz auf sich. So etwas hatte noch kein Yeti vor ihnen jemals zu Gesicht bekommen. Keiner – bis auf einen.

»Opa Yeti hat also wirklich die Wahrheit erzählt«, sagte Bibber. »Ich wusste es!«

Gerade wollte Rosa etwas sagen, als sie wieder die Nase in die Luft hielt.

»Was ist los?«, fragte Bibber hastig. »Hast du noch etwas gerochen?«

Rosa nickte. »Kannst du es nicht riechen?«

»Doch, jetzt.«

Auch Piko riss den Kopf in die Höhe und schnupperte. »Das ist noch ein neuer Geruch.«

»Und es riecht wieder nicht nach Schnee«, stimmte Bibber dem kleinen Polarfuchs zu.

»Das riecht eher wie das Gegenteil von Schnee«, überlegte Rosa.

Piko lachte laut auf. Es klang wie eine Mischung aus Quietschen und Bellen zugleich. »Das Gegenteil von Schnee? Was soll das denn sein?«

Rosa wunderte sich ja selbst darüber. »Keine Ahnung, das kann ich dir nicht sagen. Zumindest jetzt noch nicht.« Und schon rannte sie los, dem neuen Geruch entgegen.

»Bleib hier!«, rief Piko ihr nach, aber er wusste schon, dass das nicht half. Und noch schlimmer: Auch Bibber hörte wieder nicht auf ihn. Er lief Rosa bereits hinterher. »Das ist gar nicht gut ...«, murmelte Piko. Unschlüssig lief er im Kreis. Dann gab er sich einen Ruck. »Meinetwegen. Schließlich kann ich euch ja nicht alleinlassen«, schimpfte er. »Verflixt und zugeschneit!«

Rosa rannte bereits in einem weiten Bogen um den nächsten Berg herum. Der völlig fremde Geruch trieb sie dazu an, und in ihrem Brauch kribbelte es vor Aufregung. Immer schneller und schneller rannte sie, die Nase hoch in die Luft erhoben, um dem Geruch zu folgen, als sie plötzlich Piko aufschreien hörte: »Rosa! Stopp!«

Sofort blieb Rosa stehen und erschrak im gleichen Moment. Sie stand keinen Schritt von einer Klippe entfernt, hoch über einem fremden Tal. Hätte Piko nicht gerufen, wäre sie bestimmt hinuntergefallen. Neben ihr bremste nun auch Bibber rechtzeitig ab.

»Danke, Piko«, sagte Rosa außer Atem.

»Das war ganz schön knapp«, schimpfte Piko, der schnaubend bei ihnen ankam. Doch Rosa und Bibber beachteten ihn gar nicht. Stattdessen blickten sie staunend hinab in das Tal, das vor ihnen lag. Dort konnten sie Häuser erkennen. Zum ersten Mal in ihrem Leben sahen sie eine andere Behausung als ihre eigenen Iglus und die Höhlen der Polarfüchse.

Rosa und Bibber fühlten sich wie echte Entdecker.

»Ob dort die Menschen wohnen?«, flüsterte Rosa ergriffen.

»Unsinn!«, fuchste Piko dazwischen. »Menschen! Von denen erzählt man doch nur kleinen Yetis vor dem Einschlafen. Es gibt keine Menschen.«

Rosa und Bibber beachteten Pikos Einwand gar nicht. Sie waren zu gebannt davon, wie die Sonne auf die roten Häuser schien und die Schneereste auf ihren Dächern glitzern ließ. So etwas Farbenfrohes hatten die Yetis noch nie gesehen, und gerade Rosa war sehr beeindruckt davon. Aus Schornsteinen stieg heller Rauch empor.

»Schau nur«, sagte Bibber fasziniert und zeigte auf die dicken weißen Rauchwolken, die zum Himmel schwebten. »Das muss wohl das Gegenteil von Schnee sein.«

»Es sieht aus wie unsere Atemwölkchen, wenn wir miteinander sprechen«, antwortete Rosa. »Bloß viel mehr davon und viel größer, und es riecht eben ganz anders.«

Piko schaute ebenfalls ins Tal. »Aber ein Menschendorf ist das bestimmt nicht!«, meinte er.

»Doch, ganz bestimmt«, antwortete Rosa. Sie beschäftigte

eine ganz besondere Sache. »Bibber, siehst du auch, dass hier nicht alles nur weiß und rosa ist?«

»Ja! Kristallschön!«, rief Bibber begeistert aus. »Und da gibt es so viele merkwürdige Dinge!«

»Ich möchte so gern wissen, was das wohl ist«, antwortete Rosa.

Nun streckte auch Piko vorsichtig den Kopf nach vorn, um besser sehen zu können. »Also, das ist wirklich interessant«, musste er zugeben und spürte, dass die beiden Yeti-Kinder ihn überrascht ansahen. »Was denn?«, meinte Piko. »Darf ich nicht auch mal neugierig sein? Verschneit und zugeflixt. Das Gegenteil von Schnee! Und dazu ein fremdes Dorf. Und viele neue Dinge. Das ist schon interessant! Aber jetzt sollten wir zusehen, dass wir uns wieder auf den Rückweg machen, in unser sicheres Yeti-Tal, ja?«

Rosa und Bibber schüttelten heftig die Köpfe.

»Wir müssen uns das unbedingt aus der Nähe anschauen«, sagte Rosa.

»Und ich möchte wissen, ob dort wirklich Menschen leben«, ergänzte Bibber.

Piko jedoch verdrehte die Polarfuchs-Augen. »Das habe ich befürchtet«, raunte er und tappte hinter den beiden Yetis hinunter in das fremde Tal.

Kapitel 7
Hilfs-Yeti oder Angst-Yeti?

Vorsichtig setzten sie einen Fuß nach dem anderen in Richtung des Menschendorfes. Sie waren noch ein gutes Stück von den ersten Häusern entfernt, als Rosa ein seltsames Geräusch hörte. Sie blieb stehen und spitzte die Ohren.

»Was ist?«, erkundigte sich Bibber.

»Hört ihr das auch?« Rosa reckte den Hals. »Das klingt, als würde ein Yeti weinen.«

Auch Piko horchte auf. »Ja, ich höre es auch. Es kommt aus der Richtung dort drüben.« Er zeigte mit einer Pfote zum Rand des Menschendorfes.

Mit einem Mal vergaßen die drei all ihre Vorsicht und auch all ihre Neugier. In diesem Moment war nicht wichtig, das Dorf der Menschen zu erforschen. Nein, jetzt mussten sie herausfinden, ob es da jemanden gab, der ihre Hilfe brauchte.

Etwas abseits des Dorfes, zwischen vielen Gegenständen, die die Yetis alle nicht kannten, entdeckten sie ein fremdes Wesen.

Es saß im Schnee und hatte die Beine dicht angezogen. Und vor allem: Es weinte.

Rosa und Bibber rissen erstaunt die Augen auf.

»Das ist kein Yeti!«, flüsterte Rosa. »Es ist viel dünner als wir. Und es hat nur ganz wenig Fell auf dem Kopf.«

»Es sieht aus wie die Schnee-Figur, die Opa Yeti auf der Ebene gebaut hat«, flüsterte Bibber zurück.

Die beiden Yetis sahen sich an.

»Das ist ein ...«, hob Bibber an.

»Ist das ein ...?«, wagte Rosa, bis beide gleichzeitig sagten: »... Mensch?«

»Oh weh!«, ließ Piko hören und duckte sich. »Geht bloß nicht näher heran!«

»Ein Mensch!«, flüsterte Rosa fasziniert und ging natürlich näher heran.

Bibber folgte ihr. »Dieser Mensch ist viel kleiner, als Opa Yeti beschrieben hatte. Rosa, könnte das vielleicht ein Menschenkind sein?«

Rosa war überrascht. Sie hatte nicht darüber nachgedacht, dass es auch bei den Menschen Kinder geben könnte. Und dass es weinte, machte auch sie traurig.

In diesem Moment wischte sich das Menschenkind über die Augen.

»Wir müssen zu diesem Kind«, sagte Rosa entschieden. »Ich muss wissen, warum es so traurig ist.«

Bevor sie losstapfen konnte, sprang ihr Piko in den Weg. »Bist du verrückt? Das ist nun wirklich zu gefährlich. Wir wissen zu wenig über diese Menschen.«

Rosa zeigte mit dem Finger nach vorn. »Von diesem Menschen weiß ich, dass er traurig ist. Und ich muss wissen, ob wir helfen können. Ich bin ein Hilfs-Yeti und kein Angst-Yeti!«

»Bloß nicht!«, schimpfte Piko.

Doch wieder einmal ließ Rosa sich nicht von Piko aufhalten. Sie lief um den Polarfuchs herum und ging mit großen Yeti-Schritten auf das Menschenkind zu.

»Tut mir leid, Piko. Aber das ist unsere Chance, mehr über die Menschen herauszufinden«, und damit lief Bibber Rosa hinterher.

Piko wurde ganz schwindelig vor lauter Sorge. »Verflixt und zugeschneit. Das kann nicht gut gehen«, seufzte er. »Das kann niemals gut gehen!« Aber schließlich gab er sich einen Ruck und sprang den Yetis hinterher.

Kapitel 8

Und es gibt sie doch!

Rosa und Bibber schlichen sich vorsichtig an. Auf keinen Fall wollten sie das Kind erschrecken. Also setzten sie langsam einen Fuß vor den anderen, bis sie dicht vor ihm standen.

Das Kind hatte den Kopf gesenkt und schluchzte.

Rosa schaute es kurz an. Es gäbe so viel an diesem Kind zu erforschen. Solch eine dunkle Haarfarbe hatte Rosa noch nie gesehen, und auch die vielen Farben an ihrem Körper fand sie faszinierend.

Rosa wollte die Pfote nach ihm ausstrecken, um es zu trösten, doch Piko gab ihr einen Stoß. »Vorsicht! Nicht, dass du es kaputt machst!«

Das Schluchzen verstummte. Anscheinend hatte das Kind Pikos Flüsterstimme gehört. Es rieb sich die Tränen aus den Augen, bemerkte die pelzigen Füße der Yetis, die nun direkt vor ihm standen, und riss den Kopf hoch.

»Huch!«, schrie das Kind und erschreckte damit die Yetis.

»Huch!«, rief die beiden aus und stolperten nach hinten, wobei sie fast auf Piko getreten wären. Der sprang rechtzeitig zur Seite, bellte und erschreckte damit wiederum das Kind.

»Hilfe!« Die Kinderaugen waren vor Schreck weit aufgerissen. »Tut mir nichts!«

Rosa hielt beide Pfoten vor sich. »Natürlich tun wir dir nichts.«

»Wir möchten dir helfen«, sagte Bibber.

Das Kind schaute die Yetis mit großen Augen an. Es glaubte, sich verhört zu haben. »Helfen?«, fragte es mit einer so hohen Stimme, dass Rosa klar wurde: Sie standen einem Mädchen gegenüber.

»Wir haben dich weinen gehört«, antwortete Rosa.

»Oh!« Für einen Moment war das Mädchen unsicher. Doch die Stimmen der beiden und ihre besorgten Blicke ließen die Angst langsam verschwinden. Sie erhob sich und blickte die Yetis interessiert an. »Wer seid ihr denn?«

Rosa lächelte. »Ich bin Rosa. Und das hier ist Bibber.«

Das Mädchen betrachtete erstaunt die pelzigen Wesen vor sich. Ihr Blick ging zu Rosas pelzigen Füßen, wanderte über den pelzigen Bauch und blieb an den pelzigen Ohren hängen.

Da wurde Rosa klar, was das Mädchen eigentlich fragen wollte.

»Oh, wir sind Yetis«, sagte sie. »Und wir ...«

Plumps! Das Mädchen landete vor Schreck wieder im Schnee, Mund und Augen weit aufgerissen. »Yetis? Quatsch!«

»Wieso denn Quatsch?«, hakte Bibber nach.

Das Mädchen dachte einen Moment nach. »Also, Yetis gibt es doch gar nicht«, sagte sie schließlich. »Das erzählt man doch nur kleinen Kindern ...«

»... vor dem Einschlafen?«, fragte Rosa, und das Mädchen

nickte. »Genau dasselbe sagen die Yetis auch über die Menschen!«

Die drei blickten sich kurz gegenseitig an, dann lachten sie gemeinsam laut auf.

»Mein Name ist Jette«, stellte sich das Mädchen vor. »Und ich freue mich, euch kennenzulernen.«

Rosa und Bibber konnten kaum glauben, dass sie wirklich einem richtigen Menschen gegenüberstanden.

Rosa wunderte sich bloß, dass sie so leicht miteinander sprechen konnten. Doch bevor sie etwas dazu sagen konnte, hatte Jette eine Frage. Sie schaute hinter die beiden Yetis. »Und wer ist das?«

Rosa blickte sich um. »Oh, entschuldige. Das ist Piko, unser Freund.«

Piko hatte sich halb hinter Rosas Bein versteckt und lugte nun vorsichtig hervor. Er wollte nur einen Blick wagen. Nur einen einzigen Blick. Auf keinen Fall wollte er auch zu dem Menschenkind gehen. Er war nicht so verrückt wie die beiden Yetis.

Jette hingegen strahlte Piko an. »So ein schöner Polarfuchs. Hallo!«

»Schön?«, wiederholte Piko und kam aus seinem Versteck hervor.

Rosa stieß ihn sanft an. »Du musst keine Angst vor ihr haben.«

»Pfff!«, gab Piko zurück. »Unsinn! Ich hab keine Angst.«

Jette blickte fasziniert zwischen Piko und Rosa hin und her. »Kannst du den Polarfuchs verstehen?«

»Natürlich. Du nicht?«, wunderte sich Rosa.

»Ich hab nur ein Bellen gehört«, sagte sie. »Wie toll. Ihr könnt mit ihm sprechen! Was hat er denn gesagt?«

Gerade wollte Rosa antworten, da hörten sie eine Menschenstimme. »Jette! Jette, bist du hier?«

Die Yetis schreckten auf, während Piko schon nach einem Versteck suchte.

»Oh weh, da kommen andere Menschen!«, rief Bibber besorgt, und in diesem Moment kam schon einer auf sie zu.

»Wer ist das?«, rief dieser erschrocken auf.

Kapitel 9
Anders als die anderen

Rosa und Bibber wussten nicht, ob sie davonlaufen oder bleiben sollten. Sie blickten unsicher auf den Menschen, der vor ihnen stand. Wahrscheinlich fragte der sich auch gerade, ob er davonlaufen oder bleiben sollte.

Allerdings wirkte er auf Rosa ebenso nett wie Jette. Und deshalb wagte sie es, ihn anzusprechen: »Hallo!«

Der Mensch, ein Junge, riss vor Erstaunen erst den Mund weit auf, dann die Augen. »Was ... was ... was ...? Wie ... wie ... wie ...?«, stotterte er völlig überrascht.

»Du brauchst keine Angst zu haben«, rief Jette ihm zu und winkte ihn heran. »Die beiden sind total nette Yetis.«

»Yetis?« Die Augen des Jungen wurden immer größer. »Es gibt keine Yetis. Das erzählt man doch nur kleinen Kindern vor dem ...«

Jette hielt ihm schnell den Mund zu. »Das ist Rosa. Und das ist Bibber«, stellte sie die beiden weiter vor. »Und das dahinten, hinter dem Schneehügel, das ist Piko, ein total süßer Polarfuchs.«

Bei diesen Worten wagte sich Piko wieder aus seinem Versteck.

Der Junge traute seinen Augen kaum. Zögerlich kam er näher.

»Und das ist Finn, mein Bruder«, wandte sich Jette nun an die Yetis und an Piko. Leise fügte sie hinzu: »Und mein einziger Freund.«

Finn staunte noch über die ungewöhnlichen Besucher, als Jette ihm einen Stoß gab. »Sag doch mal was!«

»Was!«, entfuhr es Finn.

Rosa wollte das Eis brechen. »Hallo«, sagte sie noch einmal.

Finn erschrak so sehr, dass er beinahe hintenübergekippt und im Schnee gelandet wäre, aber Jette reagierte schnell und fing ihn auf.

»So hab ich auch reagiert«, lachte sie.

»Ihr könnt sprechen?«, wunderte sich Finn.

»Du doch auch!«, gab Bibber zurück.

Finn riss die Augen auf. Ihm gingen Hunderte Fragen durch den Kopf, aber zuerst war seine Schwester wichtig: »Ich hab dich gesucht, Jette. Warum bist du hier?«

Statt eine Antwort zu geben, hielt sich Jette rasch eine Hand gegen ihre Wange.

Finn verstand. »Haben dich Torben und Ida wieder geärgert? Hast du dich deshalb hier versteckt?«

Rosa wandte sich zuerst an Finn. »Wir haben sie weinen gehört.« Dann sprach sie zu Jette: »Was ist denn los?«

Nun stiegen Jette wieder Tränen in die Augen. »Die anderen lachen mich immer nur aus.«

»Die anderen Menschen?«, fragte Rosa nach und fing mit ihrer pelzigen Pfote eine Träne aus Jettes Gesicht auf. »Warum?«

Jette rümpfte die Nase, als Rosas Fell sie an der Wange kitzelte. »Na, das sieht man doch wohl«, antwortete sie.

»Was denn?«, fragte Rosa erneut.

Jette wollte erst nicht antworten. Daher sprach Finn für sie: »Siehst du diesen großen Fleck in ihrem Gesicht? Darüber lachen die anderen immer.«

Tatsächlich bemerkten Rosa und Bibber erst jetzt, dass Jette einen Fleck auf der rechten Wange hatte. Für Rosa sah er aus wie ein Schneeball, bloß viel dunkler.

»Man nennt so etwas ein Muttermal. Das habe ich seit meiner Geburt«, erklärte Jette. »Und außer mir hat sonst niemand so was im Gesicht.«

Rosa dachte einen Moment nach. »Ich habe auch etwas, das sonst niemand hat.«

Jette sah sie an. »Echt?«

Rosa stellte sich aufrecht hin. »Mein Fell. Es ist rosa. Kein anderer Yeti hat ein rosa Fell.«

Jetzt schaute sich Jette Rosas und Bibbers Felle genauer an. Während Bibbers Fell so weiß wie Schnee war, leuchtete Rosas Fell in einem warmen Rosa.

»Ich mag dein Fell«, antwortete Jette.

Da fiel Rosa etwas ein: »Ohne mein rosa Fell wären Bibber und ich nicht losgezogen. Und ohne dein Muttermal hättest du nicht geweint, und wir hätten dich nicht angesprochen.«

Plötzlich klatschte Bibber in die Pfoten. »Ihr seid beide was Besonderes, und so haben wir uns gefunden.«

»Das klingt sehr schön«, murmelte Jette, und Rosa nickte heftig.

Kapitel 10

Ein Pelz zum An- und Ausziehen?

»Puh, bei dem Schreck ist mir ganz schön warm geworden«, stöhnte Finn, öffnete den Reißverschluss seiner Jacke und zog sie aus.

Rosa und Bibber schreckten auf. »Ihr könnt euren Pelz ablegen?«, rief Rosa.

Finn lachte. »Pelz? Das ist doch nur eine Jacke.«

»Jacke«, wiederholte Bibber und griff danach.

»Bei Menschen ist das so«, erklärte Finn. »Wir ziehen Kleidung an oder aus.«

Nicht nur Bibber fand das hochinteressant. Auch Rosa. Sie nahm Finns Jacke an sich. »Darf ich mal?«, fragte sie und steckte ihre Hände in die Ärmel, als Jette rief: »Halt!«

Doch es war schon zu spät. Die viel zu enge Jacke riss an einigen Stellen auf.

»Oh!« Könnten Yetis rot anlaufen, dann hätte Rosas Kopf die Farbe der Häuser angenommen. »Das wollte ich nicht.«

Finn lachte. »Das ist eine ganz alte Jacke von mir«, sagte er. »Mama ist froh, wenn ich sie nicht mehr anziehe. Aber ich muss jetzt nach Hause, um mir eine andere Jacke zu holen, sonst wird mir zu kalt.«

Bibber blickte zu den Häusern. »Du gehst jetzt ins Dorf?«

»Ja, aber eigentlich ist das kein Dorf, sondern eine Forschungsstation.«

Dieses Wort klang in Bibbers Ohren wie eine Melodie. »Eine Forschungsstation?«

»Ja, das ist wie ein Dorf. Bloß anders«, versuchte Finn zu erklären. »Unsere Eltern erforschen das Eis hier am Südpol. Wir kommen eigentlich aus einem anderen Land und leben nur für zwei Jahre hier. Dann gehen wir wieder zurück.«

»Was?« Rosa war verblüfft. »Du meinst, es gibt dort noch mehr Menschen?«

»Nicht nur dort«, lachte Jette. »Auf der ganzen Welt.«

Das konnte sich Rosa kaum vorstellen.

Bibber zeigte noch einmal zu den Häusern. »Dort wird also geforscht?«

Rosa merkte Bibber an, dass er unbedingt dorthin wollte. Aber sie war wohl nicht die Einzige, der das auffiel.

»Soll ich sie dir zeigen?«, fragte Finn, und Bibber riss die Augen auf.

»Kristallklar!«, rief er aus.

»Wir müssen bloß vorsichtig sein«, rief Jette. »Nicht, dass ihr Yetis von den anderen entdeckt werdet.«

Nun kam Piko wieder hervorgesprungen. »Dann ist das keine gute Idee«, rief er aus. »Wir gehen nicht in diese Forschungsstation. Das ist viel zu gefährlich!«

Jette blickte zu einem Schlitten, der hinter ihnen an eine Wand gelehnt war. »Hm … Vielleicht habe ich eine Idee«, überlegte sie laut.

Rosa und Bibber sahen sich den Schlitten genauer an. »Was ist das?«

»Eine Möglichkeit, euch die Forschungsstation zu zeigen«, antwortete Jette.

»Wir können also mit euch hinein?«, fragte Rosa begeistert.

»Klaro!«, rief Finn.

In diesem Moment wurde selbst der schneeweiße Piko blass: »Verschneit und zugeflixt! Ob das mal gut geht?«

Kapitel 11

Die erste Schlittenfahrt im Yeti-Leben

Rosa und Bibber zogen Jette, Finn und Piko im Schlitten über den vereisten Boden hinweg. Sie mussten in einem weiten Bogen um die halbe Forschungsstation rennen, um den Eingang zu erreichen.

»Schneller!«, rief Jette.

»Viel schneller«, rief Finn.

»Nicht so schnell!«, rief Piko.

Die beiden Yetis rannten, so schnell sie nur konnten. Fast wirkte es so, als würde der Schlitten über das Eis hinwegfliegen. Doch Bibber war das noch nicht genug.

»Das geht bestimmt noch viel, viel schneller«, sagte er lachend und rannte plötzlich so schnell wie noch nie in seinem Leben.

Jette und Finn quietschten vor Vergnügen, während Piko laut schimpfte. Doch sein Gebell ging im Lachen der Kinder unter.

Rosa hielt mit diesem Tempo nicht mehr mit. Sie blieb stehen, lachte, schnaufte – und dann erschrak sie heftig: Bibber rannte mit dem Schlitten auf einen Abhang zu.

»Vorsicht!«, rief sie ihrem Freund zu. Doch so wie Pikos Bellen waren auch Rosas Rufe nicht zu hören.

»Bibber! Achtung«, schrie Rosa noch, doch es half nichts. Also rannte sie wieder los, schneller als je zuvor.

Auch Bibber rannte immer weiter, als er selbst den Abhang entdeckte.

»Ach, du großer Yeti!«, stöhnte er auf und wollte abbremsen, doch die Wucht des schnellen Schlittens riss ihn mit. Bibber landete mit einem »Autsch!« auf dem Schlitten vor Jette und Finn.

Die beiden Kinder lachten immer noch.

»Seht doch nur, dort!«, schrie Bibber und zeigte auf den Abhang.

Doch Jette und Finn erschreckten sich nicht. Im Gegenteil, sie wussten, was zu tun war. Mit aller Kraft stemmten sie ihre Füße in den Schnee und bremsten den Schlitten auf diese Weise rechtzeitig ab.

»Puh!«, stöhnte Bibber auf. »Das war ein ordentlicher Schreck.«

»Schreck?«, schrie Piko auf. »Mir steht noch immer das Fell zu Berge, so sehr habe ich Angst um euch gehabt.«

Jette zeigte auf Piko. »Was sagt er?«

Rosa war inzwischen bei ihnen angekommen und streichelte Piko über den Kopf. »Dass er manchmal einfach recht hat. Wir dürfen nicht vergessen, vorsichtig zu sein.«

»Uns konnte nichts passieren«, beruhigte Finn. »Solche Abhänge kennen wir. Und wir sind geübt im Schlittenfahren.«

»Das hab ich gesehen«, antwortete Rosa erleichtert.

Gemeinsam zogen sie den Schlitten den Abhang hinauf und machten sich weiter auf den Weg zur Forschungsstation.

Doch plötzlich rief Finn: »Halt!«, und die Yetis brachten den Schlitten zum Stehen.

Finn schaute die Yetis nachdenklich an. »Ihr könnt jetzt nicht einfach so durch die Station spazieren. Die Leute dürfen euch nicht sehen. Wir müssen euch irgendwie tarnen.«

Bibber und Rosa verstanden kein Wort. »Tarnen? Was heißt tarnen?«

»Das ist wie verstecken oder verhüllen oder verdecken.« Nun leuchtete es in Jettes Augen auf. »Genau: verdecken! Ich weiß, was zu tun ist.« Sie zeigte auf den Schlitten. »Ihr beide müsst euch nebeneinander auf den Schlitten legen. Könntet ihr euch vielleicht so aneinanderkuscheln, dass man eure Gesichter nicht sieht?«

»Ja, gute Idee!«, rief Finn. »Durch euer Fell seht ihr dann aus wie ein Haufen Decken.«

Bibber und Rosa sahen sich an. »Einen Versuch ist es wert.«

»Nein«, schimpfte Piko. »Das ist keine gute Idee. Lasst uns lieber umkehren ins Yeti-Tal!«

Jette schaute Piko an. »Was bellt er gerade?«

»Ach, er findet deine Idee auch cool!«, rief Bibber und bekam dafür einen giftigen Blick von Piko zugeworfen. Doch bevor der Polarfuchs etwas sagen konnte, hatten es sich die beiden Yetis schon auf dem Schlitten gemütlich gemacht. Die Kinder griffen sich das Seil und zogen den Schlitten entlang der ersten Häuser der Forschungsstation.

Piko stapfte verzweifelt hinter ihnen her und murmelte immer wieder: »Verflixt und zugeschneit! Verschneit und zugeflixt ...«

Rosa und Bibber hielten die Köpfe gesenkt, sodass ihre Augen und Nasen nicht so schnell entdeckt werden konnten. Aber sie schielten doch aus ihrem Pelz hervor, um möglichst viel von der neuen Welt um sie herum entdecken zu können.

Und als Jette und Finn mit dem Schlitten um die Kurve bogen und endgültig die Forschungsstation der Menschen betraten, wurde die Überraschung der beiden Yetis nur noch größer. So hätten sie sich das Ganze niemals vorgestellt.

Kapitel 12
Ein Eimer voll Polarfuchs

Es war, als hätten die Yetis eine völlig fremde Welt betreten. Hier war alles anders als in ihrem Zuhause. Sie sahen nun die Häuser der Forschungsstation aus der Nähe. Davor standen Fahrzeuge und Karren, auf denen seltsame Dinge geladen waren.

Bibber fiel es schwerer, seine Neugier zu zügeln, als Rosa. Immer wieder fragte er: »Darf ich das mal anfassen?«, oder »Kann ich da mal drauf?«. Aber Jette und Finn ließen das nicht zu.

»Noch ist es zu gefährlich«, erklärte Jette. »Warte bis zu unserem Zuhause.«

»Na gut«, schmollte Bibber, doch dann sah er ein weiteres Fahrzeug und fragte: »Und wenn ich nur das da kurz anfasse?«

Er wartete allerdings Jettes Antwort nicht mehr ab. Zu groß war die Neugier. Mit einem kräftigen Ruck warf er sich und Rosa vom Schlitten und rannte auf eines der Fahrzeuge zu.

»Bleib hier!«, rief Finn.

»Nur einmal berühren!«, gab Bibber zurück und streckte schon die Pfoten aus.

Entsetzt sprang Piko vom Schlitten herunter und rannte Bibber nach. »So ein Unglücks-Yeti! Bleibst du wohl hier!«

Endlich hatte Bibber den Wagen erreicht. Es war ein kleiner Lastwagen, auf dessen Ladefläche Kisten, Kartons und Eimer standen. Und ausgerechnet einer der Eimer hatte es Bibber angetan. Die helle, gelbe Farbe gefiel ihm besonders gut. Allerdings waren über dem gelben Eimer noch einige andere Eimer gestapelt. Als Bibber also nach dem gelben Eimer griff und ihn hervorzog, kippte die ganze Eimer-Pyramide um. Es schepperte und bollerte, und Piko, der gerade Bibbers Füße erreicht hatte, geriet in diese Eimerflut.

»Hilfe!«, schrie er. »Die Dinger wollen mich fangen!«

Er wich dem ersten Eimer aus, dann dem zweiten. Doch der dritte stülpte sich über Piko, sodass der Polarfuchs nichts mehr sehen konnte und gegen die Wand, gegen den Laster und auch gegen Bibber donnerte.

»Autsch!«, rief Bibber, bückte sich und riss den Eimer hoch.

Piko war völlig außer sich. »Also so was! Verflixt und zugeschneit! Ich hab's doch gesagt, verschneit und zugeflixt!«

Jette kam angerannt, nahm Piko auf die Arme und beruhigte ihn.

Finn zog Bibber an der Pfote zum Schlitten zurück. »Schnell, der Lärm wird die anderen herbeilocken. Wir müssen hier weg.«

Er half Bibber auf den Schlitten. Rosa warf sich auf Bibber, und sie versuchten wieder, wie ein Stapel Decken zu wirken.

Keine Sekunde zu früh. Denn gerade, als Rosa ihre Position eingenommen hatte, rief Jette: »Oh weh!«

»Oh weh?«, fragte Rosa erschrocken. »Was heißt ›Oh weh‹?«

»Ich glaube, wir wurden entdeckt«, antwortete Jette mit zitternder Stimme. »Bleibt ruhig und unauffällig!«

»Ich wusste, dass das alles eine ganz miese Idee ist. Verflixt und zugeschneit«, grummelte Piko und machte sich unter dem Schlitten so klein wie möglich.

Langsam und vorsichtig drehten die beiden Yetis die Köpfe so, dass sie den Grund für Jettes Aufregung sehen konnten.

Eine ältere Frau kam auf sie zu. Sie war der erste erwachsene Mensch, den die Yetis zu Gesicht bekamen. Sie war sehr groß und trug dicke, kunterbunte Kleidung.

Schnell schlossen die Yetis ihre Augen, hielten die Luft an und versuchten, mucksmäuschenstill zu sein.

Rosas Herz raste vor lauter Aufregung. Hoffentlich klappte ihre Tarnung!

»Na, ihr Kinder«, begrüßte die Frau Jette und Finn schon von Weitem. »Was habt ihr denn da Schönes?« Sie zeigte auf den Schlitten und trat neugierig darauf zu.

Jette machte einen Schritt zur Seite, um ihr die Sicht auf den Schlitten zu verstellen. »Guten Tag, Frau Finte. Wie geht es Ihnen?«

»Ja, ja, gut«, antwortete die Frau ungeduldig und zeigte noch einmal auf den Schlitten. »Was ist denn da drauf?«

Nun stellte sich ihr auch Finn in den Weg. »Ach, nichts Besonderes. Das sind nur ein paar Decken, die wir nach Hause bringen.«

»Was denn für Decken?« Die Neugier von Frau Finte war jetzt erst recht geweckt.

»Wie gesagt, nichts Besonderes«, brachte Finn hastig hervor, doch Frau Finte ließ sich nicht verscheuchen.

»Zeigt doch mal her!«, bat sie und schob die beiden Kinder so zur Seite, dass sie direkt auf den Schlitten zugehen konnte. Sie streckte eine Hand nach Rosas Fell aus und zwickte hinein.

Rosa musste sich auf die Zunge beißen, um nicht laut loszulachen. Wie das kitzelte!

»Na, so was!«, staunte die Frau und strich nun über Bibbers weiches Fell. Der zuckte und biss die Zähne aufeinander. Plötzlich schrie Frau Finte laut auf: »Ihr wollt mich wohl veralbern!«

Rosa, Bibber und Piko hielten den Atem an, während Jette und Finn vor Schreck zusammenzuckten. Jette bekam rote Flecken im Gesicht, und Finns Knie wurden ganz schön weich.

Mit zitternder Stimme fragte Jette: »Wie kommen Sie darauf, Frau Finte?«

Die Dame fuhr mit den Fingern über Rosas Fell und roch daran. »Von wegen, das ist nichts Besonderes. Diese Decken sind herrlich weich und wuschelig. Und sie riechen ganz wunderbar!«, rief Frau Finte aus. »Sie riechen wie eine frisch eingeschneite Schneelandschaft. Wie ein kühler Eisregen. Wie der Tau auf einem Ast, wenn die Sonne darauf scheint.«

Sie schaute den Kindern in die Augen. »Von wegen, das ist nichts Besonderes. Da habt ihr einen besonderen Schatz auf den Schlitten gepackt. Bringt ihn bloß schnell nach Hause.«

Jette und Finn versprachen das augenblicklich und versuchten, sich ihre Erleichterung nicht anmerken zu lassen. Bevor Frau Finte noch einen zweiten Blick auf die Yeti-Decken werfen konnte, schnappten sie sich das Seil und zogen mit dem Schlitten davon, so schnell sie nur konnten.

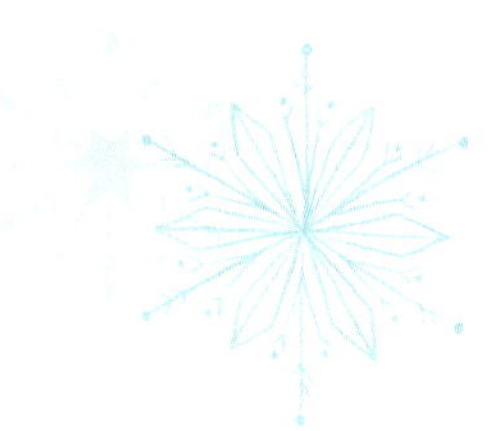

Kapitel 13
So viel zum Bestaunen

Jette und Finn zogen ihren Schlitten durch die Straßen der Station. Doch nun schauten die Yetis sich nicht mehr um. Beide hielten die Köpfe tief gesenkt und die Augen geschlossen. Sie wollten nicht noch einmal beinahe entdeckt werden.

Nach einer gefühlten Ewigkeit hielt der Schlitten endlich an.

»Wir sind da«, sagte Jette. »Hier seid ihr sicher.«

Nacheinander krabbelten die Yetis von dem Schlitten herunter. Sogar Piko wagte es, unter dem Schlitten herauszukommen.

Sie standen vor einem kleinen Haus, das bereits auf den ersten Blick sehr gemütlich wirkte. Oben stiegen wieder diese weißen Wölkchen auf, doch die Wände waren nicht weiß.

Rosa zeigte auf das Haus. »Jette, wie nennst du das?«

»Haus«, antwortete Jette.

»Nein, ich meine das da!«

»Die Wand?«

Rosa verdrehte die Augen. »Nein. Warum sieht jedes Haus gleich aus und doch nicht gleich?«

Jette versuchte die Frage zu verstehen, und mit einem Mal fiel es ihr ein: »Meinst du das Rot?«

»Rot?«

»Die Farbe an den Wänden«, erklärte Jette, und Rosa schaute wieder auf das Haus.

»Farbe?« Rosa zeigte auf ihren Pelz. »Ist das auch eine Farbe?«

»Ja, Rosa«, antwortete Jette.

Rosa war verblüfft. »Ich heiße Rosa, und ich bin auch rosa?« Zum ersten Mal hatte sie das Gefühl, der wichtigsten Frage in ihrem Leben auf die Spur zu kommen.

»Ja, schon.« Auch Jette fand das sehr witzig. »Aber hier sind noch andere Farben. Sieh mal, dort ist Grün, dahinten Blau, und das da ist Gelb.«

Während Jette der begeisterten Rosa die Farben erklärte, wandte sich Bibber an Finn: »Sag mal, warum hat euer Zuhause so viele Löcher? Ist es kaputt?«

Finn musste lachen. »So was nennt man ›Fenster‹. Sie halten die Kälte draußen, aber sie lassen die Sonne hinein.«

Piko hörte mal Jettes und mal Finns Erklärungen zu. Auch er fand das alles sehr interessant, aber vor allem war er froh, dass sie endlich wieder allein und außer Gefahr waren. Bis etwas seine Aufmerksamkeit erregte.

»Seht doch nur«, rief er Rosa und Bibber zu. »Da sind jede Menge von dem Ding, das wir gefunden haben.«

Jette blickte überrascht zu dem Polarfuchs. »Warum bellt er den Holzstapel an?«

»Ich weiß, warum«, warf Bibber ein. »So einen Gegenstand haben wir im Schnee gefunden, auf dem Weg hierher.«

Finn ging auf den Holzstapel zu und nahm den Zweig, den Piko interessiert beschnupperte, in die Hand. »Du meinst, ihr habt so einen Zweig gefunden?«

»Nennt man das so?«, hakte Bibber nach.

»Zweige sind aus Holz gemacht. Also, aus Bäumen. Die gibt es hier natürlich nicht, dieses Holz haben Mitarbeiter der Station mit hierhergebracht.«

»Zweige, Bäume, Holz«, wiederholte Bibber. »Und wofür braucht man das?«

Finn dachte nach. »Für sehr vieles. Mit kleinen Zweigen kann man schnitzen und aus großen Hütten bauen. Oder Möbel.«

Jette schnappte sich den Zweig aus Finns Händen. »Man kann auch damit spielen.«

»Spielen?« Dieses Mal war es Rosa, die nachhakte.

»Ja, mit Piko zum Beispiel«, rief Jette. »Pass mal auf!« Sie warf den Zweig weit von sich. »Hol das Stöckchen, Piko.«

Der Polarfuchs traute seinen Ohren kaum. »Fangen die Menschen jetzt auch schon damit an?«

Rosa gab ihm einen Schubs. »Nun mach schon. Tu ihr den Gefallen. Sei kein Motz-Fuchs.«

Piko verdrehte die Augen. Doch er rannte zu dem Stöckchen, schnappte danach und trug es zu Jette zurück.

»Prima«, rief Jette. »Und gleich noch mal!« Sie warf den Stock erneut, doch dieses Mal weigerte sich Piko.

»Ich geh das nicht mehr holen«, murrte er. »Das macht alles keinen Sinn.«

Rosa und Bibber mussten laut lachen und steckten Jette und Finn damit an. Und schließlich lachte auch Piko mit. Bloß das Stöckchen, das ging er nicht mehr holen. »Ich hab's ja auch nicht weggeworfen«, erklärte er trotzig, und die Yetis lachten nur noch lauter.

Kapitel 14
Leckereien

Rosa blickte sich um. »Können wir hier nicht entdeckt werden?«

»Keine Sorge«, antwortete Finn. »Die Erwachsenen sind alle bei der Arbeit.«

»Am Forschen?«, hakte Rosa nach.

»Normalerweise schon. Doch gerade gibt es ein Problem, das alle aufhält.« Finn zeigte in die Ferne. »Ein gutes Stück von hier entfernt hat es gestern eine Lawine gegeben, die eines unserer Fahrzeuge verschüttet hat. Im Moment sind alle dabei, diesen Laster wieder freizulegen. Das kann wohl mehrere Tage dauern, sagt mein Papa. Und dabei haben sie gar keine Zeit dafür.«

Rosa verstand. »Das ist ja ärgerlich.«

»Ja, vor allem, weil ...«

In diesem Moment knurrte Bibbers Bauch.

»Oh, hast du Hunger?«, fragte Finn und brachte Jette damit auf eine Idee.

»Ich kann euch noch etwas Tolles zeigen, was man aus Zweigen machen kann.«

»Und was?« Das Interesse der beiden Forscher-Yetis war sofort geweckt.

»Kommt mit!«

Jette führte Rosa, Bibber und Piko auf die andere Seite des Hauses. Dort stand ein Grill im Schnee, in dem munter ein kleines Feuer vor sich hin flackerte.

»Das Feuer ist noch vom Mittagessen«, erklärte Jette. »Mein Papa wollte unbedingt grillen.«

»Feuer?« Rosa und Bibber gingen vorsichtig darauf zu.

»Spürst du das, Rosa?«, fragte Bibber.

»Ja, das fühlt sich an, als ob meine Mama mich ganz, ganz lange in den Arm nehmen würde. Und besonders fest. Dann habe ich auch immer dieses Gefühl, nur nicht so stark.«

Jette war verwirrt. »Ihr meint ›Wärme‹?«

Finn knuffte sie in die Seite. »Mensch, klaro! Die beiden haben sich noch nie am Feuer aufgewärmt.«

Rosa streckte die Pfoten aus. »Das fühlt sich schön an.«

»Nicht wahr?«, antwortete Finn. »Aber seid vorsichtig. Geht nicht zu nahe heran, ihr könntet euch verbrennen.«

Gerade wollte Rosa nachfragen, was dieses Wort »verbrennen« bedeutet, als Jette von ihrem Platz aufsprang.

»Seht doch nur!«, rief sie aufgeregt und zeigte auf Bibbers Pelz.

Die beiden Yetis waren überrascht. Im Licht des Feuers

leuchtete Bibbers Pelz nun ebenfalls rosa auf. Schnell stellte sich Rosa neben ihn. »Schau mal. Nun bist du fast so rosa wie ich.«

Bibber machte einige Schritte zurück, und der rosa Schimmer auf seinem Fell verschwand. Er machte einige Schritte vor, und die rosa Farbe war wieder auf dem Pelz zu sehen.

»Das Feuer lässt dich aufleuchten«, stellte Jette fest. »Du bist ein Leucht-Yeti!«

In diesem Moment schoss Bibber ein Gedanke durch den Kopf. Mit einem Mal wurde ihm etwas klar. So kristallklar, dass es ihm schneeball-kalt den Rücken hinunterlief. Er blickte zu Rosa und wollte ihr alles erklären. Doch er kam nicht dazu.

Jette hielt einen Zweig in die Höhe. »Und jetzt wird was gegen euren Hunger getan«, rief sie aus und rannte ins Haus. Kurz darauf kam sie mit einem Korb voller bunter Äpfel zurückgelaufen.

»Mögt ihr Äpfel?«, rief sie.

Rosa und Bibber beugten sich vor, und auch Piko stellte sich auf die Hinterbeine, um das Obst besser sehen zu können.

»So viele Farben«, staunte Rosa.

»Riecht lecker«, sagte Bibber und griff in den Korb. Im Nu waren zwei Äpfel Matsch.

»Bibber!«, schimpfte Rosa. »Du bist so ein Ungeduld-Yeti. Jetzt hast du alles kaputtgemacht.«

»Kein Problem«, schaltete sich Finn ein. »Das nehmen wir als Mus auf unser Brot heute Abend.« Eigentlich hatte er die

beiden damit trösten wollen, doch die Yetis wussten nicht, was er damit meinte.

Jetzt nahm Finn nacheinander einen Apfel, spießte ihn auf einen langen Stock und reichte jedem einen. »Und jetzt muss man sie über die Flammen halten.«

Sie setzten sich nebeneinander ans Feuer. Finn zeigte den Yetis, wie man die Äpfel vorsichtig an die Flammen hielt, damit sie schön warm und knusprig wurden. Rosa und Bibber beobachteten Finns Bewegungen und machten sie genau nach. Sogar Piko hielt einen Stock in seiner Schnauze, auf dem ein kleiner Apfel steckte.

Jetzt, wo ein Moment Ruhe herrschte, gingen Jette eine Menge Fragen durch den Kopf.

»Sagt mal, wohnt ihr denn auch in Häusern?«

»Nein, in Iglus aus Schnee«, antwortete Rosa.

»Und womit spielt ihr?«

»Mit Schnee.«

»Und worauf sitzt ihr?«

»Auf Sesseln aus Schnee.«

»Und worauf schlaft ihr?«

»Auf Betten aus Schnee.«

»Und was esst ihr?«

»Na, Schnee.«

»Und was trinkt ihr?«

»Lass mich raten: Schnee?«, rief Finn dazwischen.

Rosa nickte und lachte.

»Warum sieht mein Apfel aus wie die Nacht?«, rief plötzlich Bibber.

Finn sprang auf. »Oh, du musst ihn rausnehmen. Er brennt an!«

Bibber erschrak und zog seinen Stock mit solch einer Wucht aus dem Feuer, dass der Apfel sich löste, in hohem Bogen durch die Luft flog und scheppernd in einem Eimer landete, der an der Hauswand stand.

»Der arme Apfel«, scherzte Jette. »Ist voll im Eimer.«

Finn musste ebenfalls lachen. »Mit den Eimern hast du es aber auch, Bibber, was?«

Bibber schaute traurig auf den Eimer, in dem sein Apfel lag.

»Hier«, tröstete Rosa. »Du kannst bei mir probieren.«

Sie zog den Stock vorsichtig aus dem Feuer, pustete kräftig und biss schließlich langsam hinein. Bibber tat es ihr nach. Auch Piko wagte es, an seinem Apfel zu knabbern.

Und dann machten die drei Gesichter, wie sie sie selbst noch nie an sich gesehen hatten.

»Ist das lecker!«, rief Rosa.

»Das Beste, was ich je gegessen habe«, stimmt Bibber zu.

Kapitel 15
Große Aufregung

»Darf ich euch mal zeigen, was man noch prima mit Zweigen machen kann?«, fragte Jette. Sie ging zu dem Eimer an der Wand, legte den Apfel darin zur Seite, schnappte sich einen Zweig und kam zu den Freunden zurück.

»Bibber, das wird dir bestimmt gefallen, du alter Eimer-Yeti!«

Sie zwinkerte ihm zu, drehte den Eimer herum und schlug mit dem Zweig wie auf einer Trommel einen festen Takt. Und dann sang sie dazu:

»Jeder Mensch hat seine Farbe,
jedes Kind ja sowieso,
zusammen gibt's ein Muster,
die Welt wird farbenfroh.«

»Oh, das war schön!« Rosa klatschte in die Pfoten.

»Und es stimmt auch«, sagte Bibber und blickte auf einen Schneemann in der Nähe, der ungefähr so aussah wie der, den Opa Yeti im Tal gebaut hatte. »Wir sind so verschieden. Und dennoch gibt es viele Dinge, die uns verbinden. Wollt ihr mal sehen?«

»Was denn?«, fragten Finn und Jette wie aus einem Mund.

Bibber lächelte. »Ich wette, das hier mögt ihr auch.« Er sprang auf, füllte sich die Pfoten voll Schnee, formte einen Schneeball und warf ihn Jette gegen die Schulter.

Sofort sprangen Jette, Finn und Rosa auf.

»Schneeballschlacht«, riefen sie aus und begannen einen wilden Kampf.

»Der Gewinner bekommt Bibbers schwarzen Apfel«, schlug Finn vor und erhielt als Antwort einen dicken Schneeball gegen die Hüfte.

»Treffer!«, rief Bibber, bevor ihn selbst ein Schneeball am Bauch traf.

Die vier kicherten und bewarfen sich eine ganze Weile mit Schneebällen.

Bloß Piko saß an der Seite und rümpfte die Nase. »Pah, und so was will Forscher sein«, knurrte er.

Als Bibber ein besonders runder Schneeball gelungen war, stellte er sich auf und rief: »Ich bin der beste Schneeballwerfer im Yeti-Tal. Wollt ihr mal sehen?«

Die drei anderen stoppten ihr Spiel.

»Klaro«, rief Finn.

Bibber zeigte zu dem Haus. »Wetten, dass ich es darüber schaffe?«, fragte er, holte weit aus und warf den Schneeball in einem riesigen Bogen über das Dach hinweg.

»Spitze«, lobte Finn, als von der anderen Seite des Hauses plötzlich ein Scheppern, ein lauter Knall und dann ein Bellen zu hören waren.

»Oh weh!«, rief Jette und rannte los, um nachzuschauen. Rosa, Bibber, Finn und Piko folgten ihr aufgeregt.

Als sie um die Ecke bogen, sahen sie einen winzigen Hund, der aufgeregt in einem der Fahrzeuge saß und um Hilfe bellte. Die Tür des Fahrzeugs war geschlossen, und eine Leiter lehnte dagegen.

Finn versuchte zu verstehen, was hier geschehen war. »Bibber, du hast wohl mit deinem Schneeball die Leiter umgeworfen, und die hat die Tür des Wagens geschlossen und den Hund eingesperrt.«

»Oh, das tut mir leid«, sagte Bibber und rannte auf das Fahrzeug zu. Der Hund bellte noch aufgeregter als zuvor. Bibber verstand, dass er »Hilfe! Hilfe!« rief.

Am Laster angekommen, riss Bibber die Leiter zur Seite, und die Tür öffnete sich. Im gleichen Moment sprang der Hund heraus und rannte davon.

»Wir müssen ihn einfangen«, rief Jette. »Schnell! Er ist doch total verängstigt. Nicht, dass ihm was geschieht.«

Sie rannten hinter dem Hund her. Piko war der Schnellste von ihnen und holte auf.

»Warte doch«, rief er dem kleinen Hund zu. »Du hast dich nur erschrocken, aber es ist alles in Ordnung!«

Doch der Hund lief weiter.

Piko konnte nicht einschätzen, ob er ihn nicht verstand oder ob der Schrecken einfach zu groß war. Als Piko ihn fast erreicht hatte, schoss der Hund plötzlich um die Ecke eines Hauses. So schnell, dass Piko nicht mehr reagieren konnte. Er versuchte stehen zu bleiben, doch der eisige Boden gab ihm keinen Halt. Piko schlitterte auf den Eingang eines kleinen Häuschens zu. Es war das Waschhaus der Forschungsstation, und nachdem Piko durch die offene Tür gerutscht war, landete er in einem Stapel Schmutzwäsche. Als er hervorgesprungen kam, hatte er mehrere schmutzige Strümpfe wie eine Mütze auf dem Kopf.

Inzwischen rannten seine Freunde draußen noch immer dem erschrockenen Hund hinterher. Doch sosehr sie sich auch bemühten, der kleine Hund war schneller als alle anderen zusammen, und so lief er ihnen davon.

Mit einem Mal erinnerte sich Rosa an den Vormittag, als sie im Yeti-Tal aufgebrochen waren. Sie warf sich auf den Boden, gab sich selbst einen kräftigen Stoß und schlitterte pfeilschnell auf den Hund zu.

»Ich kriege ihn«, rief sie begeistert, als sie merkte, dass sie schneller war als das kleine Tier.

»Ich helfe dir«, rief ihr Bibber zu. Als Rosa ihn überholte, gab er ihr einen kräftigen Stoß und schob sie weiter voran.

»Nein«, rief Rosa entsetzt, denn jetzt war sie schneller, als sie es vertragen konnte. Rasch holte sie den Hund ein, schnappte ihn mit beiden Pfoten und versuchte zu bremsen. Doch der Schwung war zu groß. Rosa sauste mit dem Hund in ihren Pfoten aus der Forschungsstation hinaus. Sie schlug mit ihren Krallen in den eisigen Boden, doch es gelang ihr nicht, abzubremsen.

Aus der Ferne hörte sie ihre Freunde rufen. Und erst, als Rosa nach vorn blickte, erkannte sie die eigentliche Gefahr: Sie schlitterte auf einen Abhang zu. Einen Abhang, der viel steiler war als der vorhin.

Rosa drückte den Hund fest an sich, um ihn zu schützen.

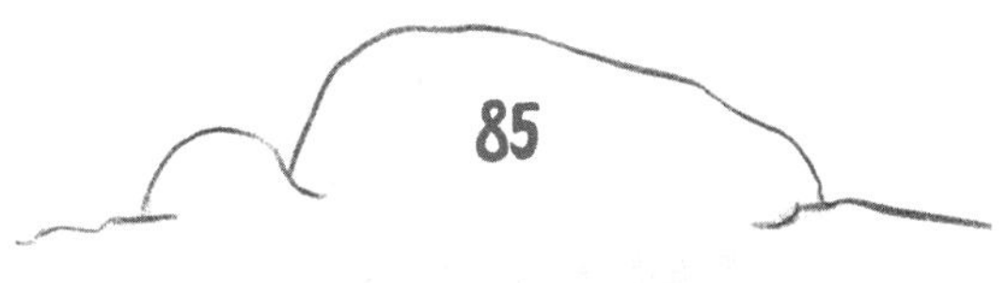

Sie versuchte sich aufzurichten und mit den Füßen abzubremsen, so wie Jette und Finn das vorhin getan hatten. Doch sie war zu schnell. In einem höllischen Tempo glitt sie mit dem Hund über das Eis in die Tiefe.

In ihren Ohren rauschte es, der Wind griff ihr eiskalt in das Fell. Doch Rosa achtete nicht darauf. Sie versuchte erneut, sich aufzurichten. Sie versuchte auch immer noch, sich mit den Füßen abzubremsen, doch all das gelang ihr nicht.

Und mit einem Mal erblickte sie eine Menge Menschen im Tal vor ihr.

Sie verstand sofort: Dort vorn waren die Menschen aus der Forschungsstation, die gerade dabei waren, ihren Wagen freizuschaufeln. Sie durften Rosa nicht entdecken. Auf gar keinen Fall!

Doch zu spät. Schon hörte sie einen der Menschen rufen: »Seht mal dort! Eine riesige Schneekugel kommt auf uns zu!«

Die Menschen sprangen zur Seite, Rosa schloss die Augen, denn jetzt konnte sie ohnehin nichts mehr ausrichten. Sie achtete darauf, dass der kleine Hund in Sicherheit war, und rauschte mit einem höllischen Tempo zwischen den Menschen hindurch und in den Schneehügel, unter dem der Laster vergraben war.

Kapitel 16
Freudentaumel und Abschiedspläne

Als Rosa die Augen öffnete, lag sie unter dem Fahrzeug, in das sie hineingerauscht war. Der kleine Hund in ihren Pfoten kläffte vor Dankbarkeit auf und leckte Rosa über die Yeti-Nase, bevor er davonsprang.

»Timmy«, hörte Rosa eine femde Stimme laut rufen. »Wo kommst du denn her und was machst du in diesem Schneehaufen?«

»Einem Schneehaufen, der uns gerettet hat«, hörte Rosa die Stimme eines anderen Menschen und wunderte sich: »Gerettet?«

Sie blickte sich vorsichtig um.

Vor dem Fahrzeug standen die Menschen der Forschungsstation und lachten und jubelten um die Wette. Rosa hatte mit ihrem Sturz ins Tal den Schneehügel gesprengt. Das

Fahrzeug lag nun frei. Und Rosa befand sich darunter. Sie lag mit dem Rücken zu den Menschen, sodass diese sie weiterhin für Schnee hielten.

Rosa musste kichern. Aber nur ganz leise. Sie wollte sich nicht verraten.

Dadurch allerdings, dass die Menschen nun alle auf Timmy achteten, konnte Rosa sich langsam zur anderen Seite des Lasters hin befreien und vorsichtig davonschleichen.

»Das war unglaublich!«, wurde sie von Jette und Finn empfangen. »Unglaublich!«

Rosa freute sich. Dann aber musste sie plötzlich laut gähnen.

»Oh, du bist müde, was?«, fragte Jette, und Bibber antwortete: »Und nicht nur sie. Das alles hier ist so aufregend, aber auch sehr anstrengend.«

»Wollt ihr zurück ins Yeti-Tal, um euch auszuruhen?«, fragte Finn.

»Auf keinen Fall«, sagte Bibber. »Wir wollen erst noch viel mehr von eurer Welt sehen. Das Labor und noch mehr Farben und euer Haus von innen und ...«

Piko kam angelaufen. »Bibber, auch ein Forscher braucht mal Schlaf. Wir können doch wiederkommen.«

Jetzt rissen die Kinder und die Yetis die Augen auf.

»Klaro! Ihr kommt wieder«, rief Finn aus.

»Spitzen-Idee!«, strahlte Rosa ihn an.

»Und vielleicht nicht nur wir«, schlug Bibber vor. »Wir könnten uns alle mal treffen, die Menschen und die Yetis.«

»Super Idee«, fand auch Jette.

»Aber das müssen wir gut vorbereiten«, überlegte Rosa. »Wir müssen ihnen erst von euch erzählen. Aber wir kommen ganz bestimmt wieder.«

»Es war kristallstark bei euch!«, rief Bibber.

Jette blickte von einem zum anderen und lachte über die Begeisterung der beiden. Sie streckte ihre Hand aus und sagte: »Ihr meint, wir können Freunde werden?«

Bibber und Rosa lachten ihr entgegen. Sie legten ihre Pfoten auf Jettes Hand. Auch Finn legte beide Hände obenauf, und sogar Piko sprang an ihnen hoch und setzte sich auf den Hand-Pfoten-Berg.

»Freunde«, sagten sie im Chor. Und das Gefühl, das sie alle durchströmte, wirkte wärmender als das Feuer im Grill.

Kapitel 17
Zurück im Tal der Yetis

Rosa und Bibber stapften durch den knöcheltiefen Schnee und zogen auf ihrem langen Weg nach Hause einen Schlitten hinter sich her. Darauf lagen einige Dinge, die ihnen Jette und Finn aus der Welt der Menschen mitgegeben hatten: ein ganzer Sack Äpfel, mehrere Zweige, zwei Decken und natürlich ein gelber Eimer für Bibber.

Und obendrauf saß Piko, der zufrieden an einem roten Apfel knabberte.

»Ich bin so gespannt, was die anderen Yetis zu all den tollen Dingen sagen werden«, überlegte Bibber.

»Bestimmt werden sie so überrascht sein wie wir über all das, was wir gelernt und erfahren haben«, antwortete Rosa überzeugt.

»Und sie werden Opa Yeti jetzt endlich zuhören, wenn er von den Menschen spricht.«

Ihre Schritte wurden immer größer. Sie beeilten sich mehr

und mehr, ins Tal der Yetis zu kommen. Plötzlich konnten sie es kaum erwarten, alle wiederzusehen.

Als sie die Schnee-Ebene erreichten, dort, wo sie ihre vielen, vielen Schnee-Yetis gebaut hatten, begann es in ihren Bäuchen zu kribbeln, als würden Schneestürme darin toben. Und so rannten sie die letzten Meter zum Yeti-Tal hinunter.

»Vorsicht! Nicht so schnell!«, erklang eine Polarfuchs-Stimme hinter ihnen. Piko war durch den Schwung in den gelben Eimer gefallen und klammerte sich nun mit seinen kleinen Pfoten am Rand fest.

Schließlich bogen sie um die letzte Kurve und erreichten das Tal. Rosa schlug das Herz bis zum Hals, und Bibber bibberte vor Aufregung.

Es war, als wären die Yeti-Kinder nie weg gewesen: Einige Yetis saßen sich in Sesseln aus Schnee gegenüber und tranken geschmolzenes Wasser aus ihren Schnee-Tassen. Zwischen ihnen spielten Yeti-Kinder Fußball mit Schneebällen oder knabberten mit großer Freude an Eis-Stangen herum, während im Hintergrund Yeti-Väter beim Schnee-Kegeln zu sehen waren. Auf dem zugefrorenen See drehten viele Yetis ihre Runden. Und natürlich standen die ältesten Yetis an der Seite und diskutierten über die Beschaffenheit des Schnees von heute Morgen oder darüber, dass das Eis in letzter Zeit etwas dünner war als in den Jahren zuvor.

Rosa und Bibber blieben stehen. Alles war eigentlich so vertraut für die beiden. Eigentlich. Doch tief im Inneren fühlten sie sich, als wären sie jahrelang fort gewesen. Dieses Tal wirkte kleiner als sonst.

Selbst Piko konnte seine Ungeduld nicht mehr verbergen. Er kam flink aus dem Eimer gesprungen und rannte voraus. Doch er geriet ins Schlittern, stieß gegen einen Schnee-Yeti, polterte gegen einen anderen und verschwand in einem Schneehügel. Als er wieder auftauchte, strahlte er Rosa und

Bibber an und rief: »Hach, es geht doch nichts über den guten alten Schnee des Yeti-Tals. Endlich, endlich sind wir wieder zu Hause. Wie ich das hier vermisst habe!«

Rosa und Bibber lachten. Sie zogen Piko aus dem Schneehügel heraus, setzten ihn wieder auf den Schlitten und blickten auf all die Dinge, die sonst noch darauf lagen.

»Die anderen Yetis werden staunen!«, meinte Bibber.

In diesem Moment hörten sie einen lauten Ruf aus dem Tal. »Seht nur«, rief ein Yeti aus. »Rosa und Bibber sind wieder da!«

Kapitel 18
Menschenkram

Schon einen Augenblick später waren Rosa und Bibber von den Yetis umringt. Ganz vorn standen die Yeti-Kinder, die mit riesigen Augen auf den Schlitten starrten.

Hunderte Fragen strömten auf Rosa und Bibber ein:

»Was habt ihr da?«

»Wofür ist das?«

»Wo habt ihr das her?«

Und viele, viele weitere Fragen.

Rosa und Bibber wussten nicht, auf welche Frage sie zuerst antworten sollten. Bis Rosas Mutter sich einen Weg durch die Yetis bahnte und Rosa in ihre Arme schloss.

»Ihr seid aber lange fort gewesen«, sagte sie dann.

Rosa nickte. »Aber wir sind noch zurückgekommen, bevor es dunkel wird.«

Bibbers Vater kam nun auch durch die Menge auf sie zu. »Wo seid ihr denn nur gewesen?«, fragte er über den Lärm der anderen Yetis hinweg. Und er legte einen Arm um seinen Sohn.

»Wir waren bei den Menschen«, verkündete Bibber.

Da wurde es still im Tal. Völlig still. So still, dass man das Eis auf dem See knacken hören konnte.

Der Älteste der Yetis trat auf Bibber zu. Er ging etwas gebeugter als die anderen Yetis und hatte einen langen zotteligen Bart, der ihm bis zum Boden reichte. Seine buschigen Augenbrauen ragten in die Höhe. »Habe ich das richtig gehört? Menschen?«

Rosa nickte hastig. »Ja, sie leben in einem Tal, so ähnlich wie wir. Bloß ganz, ganz anders.«

»Aber es gibt doch gar keine Menschen«, widersprach der Alte.

»Gibt es wohl!«, rief Bibber aus. »Es gibt sie. Genau wie mein Großvater gesagt hat.«

Die Yetis blickten voller Zweifel auf Rosa und Bibber. Doch als Opa Yeti sich zu ihnen stellte, starrten sie alle nur ihn an.

»Ich habe es euch immer gesagt.« Man konnte ihm ansehen, wie stolz er auf Rosa und Bibber war. »Und diese beiden mutigen Kinder werden es nun beweisen, nicht wahr?«

Rosa zeigte auf den Schlitten. »Wir haben Dinge mitgebracht, die uns die Menschen mitgegeben haben.«

Die Yetis, die bisher dicht vor dem Schlitten gestanden hatten, wichen erschrocken zurück.

»Menschensachen?«, wiederholten einige.

»Das hier sind Äpfel«, erklärte Bibber und hob den Sack mit den Äpfeln hoch.

»Oooooh!« Ein Raunen ging durch die Menge. Einige Yetis trauten sich sogar, daran zu schnuppern.

»Die sind total lecker«, rief Rosa. »Und die Farben, die ihr seht, nennt man Grün und Rot.«

»Warum sollen die von Menschen sein?«, fragte der Älteste. »Das könnte auch ein Schneesturmvogel im Flug verloren haben.«

Rosa wunderte sich über diese merkwürdige Antwort und griff schnell nach einer der Decken. »Und das hier ist eine braune Decke. Damit halten sich die Menschen warm. Sie frieren nämlich sehr schnell, weil sie kein Fell haben so wie wir.«

Der Älteste verzog mürrisch das Gesicht. »Das könnte auch ein Schneesturmvogel im Flug verloren haben«, sagte er und fügte hinzu: »Warum sollten Menschen hier leben, wenn ihnen schnell kalt wird? Das macht doch überhaupt keinen Sinn.«

Für diese Überlegung bekam er von den umstehenden Yetis einen stürmischen Yeti-Applaus, der daraus bestand, dass sie rasch Schneebälle formten und sie in die Höhe warfen.

Rosa und Bibber konnten kaum glauben, was sie da hörten.

Bibber zog einen Ast vom Schlitten herunter. »Und das hier ...«, sagte er noch, als der Älteste eine Pfote hob.

»Schneesturmvogel«, sagte er nur kurz und knapp. Und dieses Mal schienen ihm noch mehr Yetis zuzustimmen. Denn die Luft war schnell erfüllt von Hunderten fliegenden Schneebällen.

Rosa und Bibber sahen sich verzweifelt an. So hatten sie sich das nicht vorgestellt.

Opa Yeti legte ihnen seine Pfoten auf die Schultern. »Nun lasst die Kinder doch mal aussprechen«, bat er die anderen Yetis freundlich, aber bestimmt.

Der Älteste der Yetis schnaubte kurz, nickte Rosa dann aber zu. »Hast du denn einen klaren Beweis?«

»Etwas, das nicht von einem Schneesturmvogel stammen könnte?«, fragte Rosa zögerlich.

»Genau«, sagte der Alte.

»Ja, das haben wir«, rief plötzlich Bibber voller Überzeugung aus.

Nun konnte man die große Spannung unter allen Yetis spüren. Die Yetis vergrößerten den Kreis um Rosa und Bibber und blickten gebannt auf die beiden Kinder.

»Was hast du denn vor?«, flüsterte Rosa Bibber zu.

»Na, ich werde ihnen schlagende Beweise liefern«, sagte er entschlossen und ging auf den Schlitten zu.

Staunend beobachteten die Yetis, wie Bibber nach dem gelben Eimer und einem Ast griff. Rosa allerdings grinste, denn jetzt ahnte sie, was Bibber vorhatte.

Bibber schaute noch einmal in die Runde, um die Spannung zu erhöhen, dann drehte er den Eimer so herum, dass der Boden nach oben zeigte, und schlug mit dem Zweig im Takt darauf, wie auf einer Trommel.

Die Yetis erschraken zunächst bei diesem Lärm, doch als

Rosa zu singen begann, beruhigten sie sich sehr schnell und hörten aufmerksam zu:

»Jeder Mensch hat seine Farbe,
jeder Yeti sowieso,
zusammen gibt's ein Muster,
die Welt wird farbenfroh.«

Bibber klopfte noch ein paar Mal auf die Trommel, dann hielt er inne. Es legte sich die Ruhe über das Yeti-Tal, die hier immer herrschte. Doch nur für einen Moment, denn mit einem Mal brandeten laute Jubelrufe auf. Schneebälle flogen in die Luft. Die Yetis waren begeistert und applaudierten auf ihre Weise.

Dieser Schneeball-Applaus hätte wohl kein Ende genommen, wenn nicht der Älteste der Yetis nach vorn getreten wäre und die Hand gehoben hätte.

Sofort herrschte wieder Stille. Alle Yetis blickten voller Spannung auf den Ältesten.

Er selbst schaute zwischen dem Schlitten und den beiden Yeti-Kindern hin und her. Und allen im Tal wurde klar, dass das, was er nun sagen würde, vielleicht das Leben aller Yetis entscheidend verändern würde.

Oder eben nicht.

Kapitel 19

Von wegen Schneesturmvögel!

Der Älteste der Yetis machte eine lange Pause. So lange, dass die Yetis die Spannung kaum noch aushalten konnten. Erst dann sprach er zu Rosa und Bibber: »Es ist also wahr, ihr seid Menschen begegnet. Das, was ihr uns gezeigt habt, können keine Schneesturmvögel im Flug verlieren. Nein, ihr habt etwas Neues gelernt und es hierher zu uns gebracht.«

Er wollte noch weitersprechen, doch seine Worte gingen im erneuten Jubel und im Schneeball-Getöse unter.

Der Älteste wartete den Beifall ab, dann wandte er sich wieder an Rosa und Bibber.

»Ihr habt bewiesen, dass es Menschen geben muss. Und ich danke euch, dass ihr alles mit uns teilt, was ihr gelernt habt.«

Die Yetis um sie herum staunten. Damit hatte wirklich niemand gerechnet. Doch nachdem alle ihre Überraschung abschütteln konnten, waren sie begeistert. Und wieder flogen unzählige Schneebälle als Beifall durch die Luft. Die Yetis begannen erneut zu jubeln. Lauter und lauter, wilder und wilder. Einige stampften sogar fröhlich mit den Füßen auf, dass der Schnee nur so aufwirbelte. So etwas hatte es zuvor noch nie im Yeti-Tal gegeben. Es war wie ein großes Fest. Wie eine Feier zu Ehren der beiden Yeti-Kinder.

Rosa und Bibber fielen sich glücklich in die Arme. Das war gewiss der längste, aber auch der schönste Tag in ihrem Leben.

Irgendwann hob der Älteste seine Pfote und sorgte damit wieder für Ruhe. Er sprach laut und betonte jedes Wort: »Ihr habt uns wirklich überzeugt, ihr beiden. Damit habt ihr etwas ganz Wundervolles geleistet.«

Während er das sagte, fielen Rosa und Bibber die stolzen Blicke ihrer Eltern auf. Und besonders der von Opa Yeti.

Doch der Älteste war noch nicht fertig. »Wir müssen nun überlegen, was wir als Nächstes tun. Vielleicht könnten wir die Menschen bald kennenlernen. Ich denke, da wird noch eine sehr wichtige Aufgabe auf euch zukommen, kleine Yetis.«

Rosa schlug die Pfoten gegeneinander. »Oh, das wird die Menschen freuen. Das wird sie lawinenmäßig freuen!«

Und Bibber bestätigte ihre Gedanken mit einem klaren »Kristallklar!«.

Damit war der Fall für den ältesten Yeti erledigt. Er wandte sich um und ging davon.

Viele andere Yetis folgten ihm. Manche blieben und schauten sich noch eine Weile die Dinge an, die Rosa, Bibber und Piko mitgebracht hatten.

Die übrigen Yeti-Kinder allerdings kamen auf Bibber und Rosa zugestürmt. So arg, dass Piko vorsichtig zur Seite sprang.

»Darf ich auch mal trommeln?«, rief ein Yeti-Mädchen.

»Singst du noch mal das Lied, Rosa?«, bat ein Junge.

»Und könnt ihr mir sagen, wie die Iglus der Menschen aussehen?«, rief ein anderer Junge.

Bibber und Rosa schauten verlegen in die Runde. So viel

Aufmerksamkeit waren sie nicht gewohnt. Doch beide mussten zugeben: Es tat gut, einmal im Mittelpunkt zu stehen.

Und so beantworteten sie noch lange Zeit die vielen Fragen der anderen Yetis. So lange, bis ein Mädchen rief: »So viel Herumgeforsche! Mein Kopf ist übervoll mit Neuigkeiten. Ich glaube, wir sollten mal wieder ...«

Sie bückte sich, formte einen Schneeball und warf ihn Bibber auf den Pelz.

»Schneeballschlacht!«, rief das Mädchen, und nur einen Augenblick später war das Tal erfüllt von den Rufen und dem Lachen der vielen Yeti-Kinder, die sich mit Bibber und Rosa einen ordentlichen Wettkampf lieferten.

Kapitel 20
Das ganz große Geheimnis

Viel später, als die Yetis gegangen waren, setzten sich Rosa und Bibber mit Opa Yeti zusammen. Die beiden Yeti-Kinder berichteten ihm noch einmal ganz genau von ihrem Ausflug.

»Ich bin so stolz auf euch«, sagte Opa Yeti und drückte Rosa und Bibber an sich.

»Danke«, antwortete Rosa.

Opa Yeti lächelte und ging dann zurück zu seinem Iglu.

Rosa sah ihm glücklich nach. »Das war doch alles schneeballstark, oder?«

Bibber grinste sie an. »Kristallklar. Vor allem haben wir auch eine Antwort auf die allerwichtigste Frage gefunden.«

Rosa schaute ihn überrascht an. »Was meinst du?«

Auch Piko drehte den Kopf und blickte Bibber mit großen Augen entgegen. »Die wichtigste Frage?«

Bibber lächelte. »Was? Wir haben das größte Geheimnis gelüftet, und ihr beiden habt es nicht bemerkt?«

Rosa gab ihm einen Stups. »Nun sei nicht so ein Geheimnis-Yeti. Sag schon!«

Bibber baute sich vor ihr auf und strahlte sie an wie ein frisch geputzter Eis-See. »Wir haben deine Lawine im Kopf zum Stehen gebracht«, antwortete er und verriet endlich, was er mit alledem meinte: »Wir wissen nun, warum du ein rosa Fell hast.«

Rosa machte Augen so groß wie Schneehügel.

»Das wissen wir?«, fragte Piko.

Bibber genoss für einen Moment die erstaunten Blicke der beiden, dann verriet er endlich das große Geheimnis: »Ihr erinnert euch doch daran, dass auch mein Fell rosa geleuchtet hat, als wir bei Jette und Finn am Feuer standen, oder?«

Rosa nickte, doch Piko stutzte. »Aber als ihr euch vom Feuer entfernt habt, da hat dein Fell nicht mehr rosa geleuchtet. Nur noch das von Rosa.«

»Das stimmt«, meinte Bibber. »Und deshalb ist mir alles kristallklar.« Er sah Rosa fest in die Augen. »Du bist ein einzigartiger Yeti, Rosa. Du bist netter und hilfsbereiter als alle anderen, die ich kenne.«

Es schien, als würde Rosas Fell ein bisschen dunkler werden. Was Bibber sagte, machte sie verlegen.

»Verstehst du?«, rief Bibber aus. »In dir brennt ein ganz besonderes Feuer, Rosa. Ein Feuer aus Freundschaft und der Sorge um andere. Du bist als einziger Yeti so rosa, weil dein freundlicher Charakter von innen heraus leuchtet. In dir

brennt immer ein kleines Lagerfeuer, das Menschen und Yetis in kalten Nächten aufwärmen kann.«

»Ein Feuer der Freundschaft brennt in mir drin«, flüsterte Rosa, und sie strahlte über das ganze Gesicht. »Danke!«

Und von nun an würde sie ihr rosa Fell mit Stolz tragen. Sie hätte es gegen nichts auf der ganzen Welt jemals eingetauscht.

»Und jetzt freu ich mich darauf, ein anderes großes Geheimnis zu lüften.« Bibber grinste immer noch.

Piko wurde langsam ganz schwindelig. »Noch ein großes Geheimnis?«

»Erinnert ihr euch daran, dass Jette und Finn unseren Piko nicht verstehen konnten?«

Rosa nickte.

»Vielleicht haben sie auch nur so getan, als könnten sie mich nicht verstehen. Und das mit dem Stöckchen ... so eine Frechheit«, grummelte Piko empört.

»Aber eine Sache habe ich mich dabei gefragt.« Bibber machte ein echtes Forscher-Nachdenker-Gesicht. »Wieso konnten sie mit uns reden, aber nicht mit Piko?«

Rosa dachte nach. »Du hast recht, Bibber. Das ist ein Geheimnis.« Sie lachte. »Ein ziemlich großes sogar! Und wer weiß, was es nicht noch alles auf der Welt gibt. Dem müssen wir unbedingt auf den Grund gehen!«, rief sie aus.

»Kristallklar!«, rief Bibber. »Wir sind ja auch Forscher-Yetis! Wer kann Geheimnisse lüften, wenn nicht wir?«

Und Rosa, Bibber und Piko lachten so laut, dass es durch das ganze Yeti-Tal hallte.

Coole Fakten über Eis und Schnee

Was schätzt du, wie tief war die niedrigste Lufttemperatur, die je auf der Erde gemessen wurde?

In der Wetterstation Wostok am Südpol wurde am 21. Juli 1983 die Temperatur -89,2 °C gemessen. Aber auch sonst ist es am Südpol sehr kalt: Im Wintermonat August (auf der Südhalbkugel ist Winter, wenn auf der Nordhalbkugel Sommer ist) wird es dort im Durchschnitt -60 °C kalt. Doch auch im Sommer wird es mit etwa -30 °C nicht sonderlich warm. Also genau der richtige Ort für Yetis. Am Nordpol hingegen ist es viel wärmer: Hier wird es im Winter nur bis zu -30 °C kalt, während es im Sommer sogar über 0 °C werden kann.

Sehen alle Schneeflocken gleich aus?

Tatsächlich sind zwar alle Schneeflocken sechseckig, doch jede Schneeflocke sieht einzigartig aus, wenn man sie unter einem Mikroskop betrachtet. Denn sobald eine Schneeflocke von der Wolke auf die Erde fällt, wird sie immer größer, weil weitere Wasserteilchen und Staubkörner an ihr festfrieren. Da das aber bei jeder Schneeflocke auf ganz unterschiedliche Weise passiert, sieht keine Schneeflocke wie die andere aus.

Was glaubst du, wie viele Menschen leben am Südpol?

So wie Jettes und Finns Eltern leben am Südpol nur Wissenschaftlerinnen und Wissenschaftler. Im Sommer können das etwa 4.000 Menschen sein, während im Winter nur noch um die 1.000 Menschen in der Antarktis leben. Insgesamt gibt es 80 Forschungsstationen, in denen Menschen aus über 27 Nationen arbeiten. Doch niemand von ihnen wohnt dort für längere Zeit. So kommt es, dass bisher auch nur elf Menschen in der Antarktis geboren worden sind.

Schneeflocken basteln

Rosa und Bibber möchten gerne wissen, wie sie Schneeflocken aus Papier selbst basteln können. Wie gut, dass Jette und Finns einen Trick kennen:

Das brauchst du:

Papier (15 cm x 15 cm) • Stift • Schere

Und so geht's:

1. Falte das Papier diagonal in der Mitte, indem du zwei Ecken aufeinanderlegst.

2. Jetzt hast du ein Dreieck, das eine lange Kante hat. Falte das Dreieck noch einmal in der Mitte, sodass die beiden äußeren Ecken aufeinanderliegen. Drücke alle Ränder fest.

3. Nun hast du ein kleineres Dreieck, das du noch einmal so wie in Schritt 2 mittig zusammenfalten musst.

4. Male nun an den Kanten kleine Zacken, Kreise oder Rechtecke auf – so wie es dir gefällt.

5. Schneide mit einer Schere entlang deiner vorgezeichneten Linien. Achte nur darauf, dass du das Dreieck nicht durchschneidest.

6. Falte nun das Papier auseinander. Fertig ist die Schneeflocke!

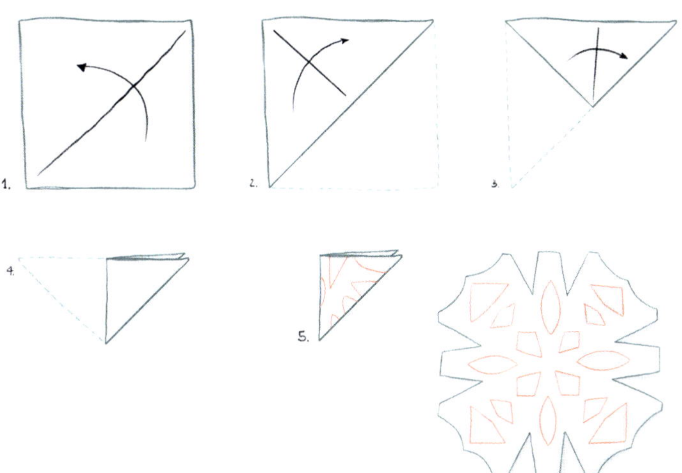

Wenn **Stefan Gemmel** (geb. 1970) liest, dann ist das, als ob sich eine Lawine löst: Er krächzt, brüllt, fiept, kreischt und bringt damit immer wieder seine Zuhörer zum Lachen. Buchstaben sind für ihn wie Schneeflocken: Je mehr davon, desto lieber. Und so hat er bereits über 50 Bücher geschrieben und mag gar nicht mehr aufhören damit. Stefan ist vor allem durch seine originellen Lesungen und Schreibwerkstätten bekannt geworden. Für seine Nachwuchsförderung wurde er mit dem Bundesverdienstkreuz ausgezeichnet. Er ist verheiratet, Vater von zwei Kindern und lebt in der Nähe von Koblenz.

Kristallklar: **Stefanie Reichs** (geb. 1984) Illustrationen bringen Herzen zum Schmelzen wie die Frühlingssonne einen Schneemann. Sie studierte Visuelle Kommunikation mit Schwerpunkt Illustration in Weimar. Nach ihrem Diplomabschluss 2010 zog sie in die Buchmessestadt Leipzig. Hier lebt sie zusammen mit ihrer Familie und Hundedame Anni. Wenn sie nicht gerade Yetis am Südpol malt oder ein anderes Buch illustriert, geht sie im Auwald spazieren oder näht für ihre beiden Kinder.